_____님께

자기관리
그 누구도 당신을 위해 운동해줄 수 없다.
그 누구도 당신을 위해 공부해줄 수 없다.
오직 당신만이 그것을 할 수 있다.

예쁘진 않아도 아름다워질 수는 있다.
똑똑하진 않아도 지적일 수는 있다.
오직 당신만이 그렇게 할 수 있다.

인생 칼럼

삶의 쉼터

힐·링·이·야·기

❏ 365일 독자와 함께 지식을 공유하고 희망을 열어가겠습니다.
❏ 지혜와 풍요로운 삶의 지수를 높이는 아인북스가 되겠습니다.

인생 칼럼
삶의 쉼터
힐·링·이·야·기

초판 인쇄 2022년 02월 11일
초판 발행 2022년 02월 18일

엮은이 | 안수복
펴낸이 | 김지숙
펴낸곳 | 아인북스
등록번호 | 제 2014-000010호
주소 | 서울시 금천구 가산디지털2로 98
　　　　B208호(가산동 롯데 IT캐슬)
전화 | 02-868-3018
팩스 | 02-868-3019
메일 | bookakdma@naver.com

ISBN| 978-89-91042-84-1 (03810)
값 16,000원

인생 칼럼

삶의 쉼터

힐 · 링 · 이 · 야 · 기

안수복 엮음

아인북스

이 책이 출간되도록 힘써주신 출판관계자 여러분과 이 책을 읽을
독자 여러분께 감사의 마음을 전합니다.
이 책의 수익금 중 일부는 지금도 각종 생활고로 고통받는 분들을
위해 쓰일 것입니다.

꿈과 욕심의 주머니

人生如白駒過隙인생여백구과극
인생은 문틈으로 백마가 달리는 걸 보는 것과 같다.

이 작은 책에는 따뜻한 마음을 가진 사람들, 따뜻한 마음을 가지는 법을 배우려는 사람들의 이야기와 꿈과 행복을 찾아가는 삶의 길목에서 만나는 지혜의 디딤돌이 있습니다.

여기에는 세상을 살면서 겪은 영광과 좌절의 편린片鱗이 끼어 있고, 내일을 사는 삶의 꿈이 깔려있습니다.

지난 세월의 퇴적물 속에서 보석을 캐는 일도 있고, 다가올 미래의 꿈에 띄우는 주문呪文도 있습니다. 감성적인 미사여구美辭麗句 보다는 가슴을 치는 작은 일상의 돌멩이들이 더 많이 담겨있습니다.

읽고, 생각하고, 배운 것, 누군가에게 전하고 싶은 것, 실생활에서 생각해 보아야 할 문제들, 용기와 희망을 주는 문구文句들, 삶의 지침이 될 힌트가 바로 그것들입니다.

그러므로 이 책에 실린 글들을 새로운 장르의 '인생 칼럼'이라고 부르고 싶은 것이 엮은이의 바람입니다.

독자 여러분께 특별히 말씀드리고 싶은 것은, 이미 누군가 썼거나 여러 종의 책이나 방송에 발표된 글도 있으나, 혼자만 읽고 새기기에는 너무 아까운 내용(일부)이라 여러분과 공유하고 싶은 욕심에 책으로 엮었다는 것입니다. 참 좋은 글이라 널리 알리고자 함께 실었으니 너른 아량으로 헤아려주시기 바랍니다.

　성공한 사람은 새벽을 깨우고
　실패한 사람은 새벽을 기다린다.
　성공한 사람의 하루는 25시간이고
　실패한 사람의 하루는 23시간밖에 안 된다.
　성공한 사람은 시간을 관리하며 살고
　실패한 사람은 시간에 쫓기며 산다.
　성공한 사람은 일곱 번 쓰러져도 여덟 번 일어서고
　실패한 사람은 쓰러진 일곱 번을 후회한다.
　성공한 사람은 돈을 다스리고
　실패한 사람은 돈의 노예가 된다.
　성공한 사람의 주머니 속에는 꿈이 있고
　실패한 사람의 주머니 속에는 욕심이 있다.

　인생은 꿈꾸는 자의 몫이고, 오직 나만이 내 인생을 바꿀 수 있으며, 아무도 나를 대신해줄 수 없다. 코로나 19로 인해 모두 힘든 시기에 '이 또한 지나가리라' 여기며 힘과 용기를 얻기 바랍니다.

壬寅年 上春을 맞이하며
엮은이 씀

차례

처세 257

인생은 고통이며 공포다. 그러므로 불행하다.
그러나 인간은 이 순간에도 자신의 삶을 사랑하고 있다.
그것은 고통과 공포까지 사랑하기 때문이다.

-도스토옙스키

인생 칼럼 모음

삶의 쉼터

눈물

용서의 한마디

兼愛겸애
누구에게나 평범한 사랑

1972년 베트남의 고요한 트랑방 마을은 갑자기 미군 아파치 헬기가 나타나 폭탄을 떨어뜨리자 순식간에 불길에 휩싸이고 말았다.

그 당시 아홉 살 소녀였던 킴 푹은 불붙은 옷을 벗어 던지고 큰길로 달려 나와 울부짖으며 외쳤다.

"내 몸이 불타고 있어요! 살려주세요!"

이 장면을 AP통신 기자가 사진기에 담아 전 세계로 전송해 베트남 전쟁의 참상을 알렸고 퓰리처 기자상을 받았다. 이 사진은 전 세계 사람들의 마음을 아프게 했고 반전 운동의 기폭제가 되었다.

그 당시 사진 속 주인공이었던 킴 푹은 등과 어깨에 입은 심한 화상을 치료받기 위해 미국으로 건너가 일곱 차례나 수술을 받아야 했다. 그 날 아파치 헬기를 조종했던 존 플러머 대위는 킴 푹의 사진을 본 뒤 양심의 가책을 느끼기 시작했고 죄의식에 사로잡혔던 그는 날마다 술에 의지한 채 살아가야 했다.

그런 삶을 살던 그는 1996년 베트남 참전 조종사들의 모임에 초청

받아서 워싱턴으로 가게 되었다. 그곳에서 그는 연사로 초청받은 숙녀가 된 킴 푹을 만나게 된다. 킴 푹은 마이크를 잡고 연설을 하고 있었다.

"지금도 화상의 후유증 때문에 고통 중에 살아가고 있지만, 이제는 아무도 원망하지 않기로 했습니다. 다만 그 당시 사진에 찍히지 않았던 사람들이 저보다 훨씬 더 큰 고통을 겪었다는 사실은 절대 잊지 말기 바랍니다."

존 플러머는 사람들을 헤치고 앞으로 나가 킴 푹의 손을 잡고,

"제가 그때 그 헬기를 몰았던 조종사입니다. 정말 미안합니다."

그러자 킴 푹이 존 플러머를 껴안으며 속삭였다.

"괜찮아요. 나는 이미 당신을 용서했습니다."

전쟁이 낳은 비극 때문에 24년 동안 악몽과 같은 삶을 살아온 킴 푹과 존 플러머 두 사람에게 고통의 세월과 원망의 기억을 한순간에 사라지게 해준 것은 '용서'의 한 마디였다.

그 뒤로 킴 푹은 전쟁 때문에 부상한 어린아이들을 보호하고 치료해주는 의료재단을 만들어 활동하였고 존 플러머 대위는 목사가 되어 작은 교회를 개척하게 되었다.

용서의 한 마디가 그 자리에서 둘을 화해시켜주었고 새로운 삶을 되찾게 해주었다. 용서는 미움과 원망하는 마음을 버릴 때 나올 수 있다. 용서는 사랑을 빛나게 해주는 보석과 같다. 미움은 먼 길을 떠날 때 짊어지고 가는 쓸데없는 짐과 같다. 짊어지고 가면 갈수록 한없이 무겁지만 버리고 가면 너무나 홀가분한 마음을 느끼게 해준다.

어머니의 벽장 속

巫山之夢 무산지몽
무산에서 꾸었던 꿈

남편은 법원 공무원이었고, 아내는 초등학교 교사였다. 부부는 은퇴 후 시골에서 전원생활을 하면서 1년에 한 번씩 반드시 해외여행을 하기로 계획을 세웠다.

궁상스러울 정도로 돈을 아끼며 평생을 구두쇠처럼 살았다. 유일한 낙은 시골에 내려가서 심을 식물의 종자를 구하고, 여행을 다닐 때 입을 옷을 마련하는 것이었다.

하지만 남편은 결국 은퇴를 하지 못했다. 정년퇴직을 2년 앞두고 폐암으로 숨을 거둔 것이다.

홀로 남은 아내는 우울증에 걸렸고 식음을 전폐한 채 사람들을 만나지 않았다.

어느 날, 시집간 딸이 혼자 사는 어머니의 집을 정리하러 갔다가 벽장 속이 각종 씨앗과 여행용 옷으로 가득 찬 것을 보게 되었다.

어떻게 그것들을 치워버리겠는가? 거기에는 너무나 큰 의미가 담겨있는데 말이다.

지키지 못한 약속으로 가득 차 있어서 감히 들 수조차 없을 만큼 무겁게 느껴졌을 것이다.

경제적으로 좀 더 윤택해지고 자유로워졌을 때, 그때 하겠다고 벼르고 있는 일이 있다면 지금 하라!

'언젠가 모든 것이 달라질 거야!'라는 말을 믿지 마라!

오늘 하늘은 맑지만, 내일은 구름이 보일지도 모른다. 당신의 해가 저물면 노래를 부르기엔 너무나 늦다.

가슴 저리게 사랑하고 그 사랑을 즐겨라!

친구여! 지금 이 시각을 중요시하라! 한 치의 앞도 못 보는 게 인간 삶이라. 즐길 수 있을 때 즐겨라!

오늘은 아름다운 내 인생을 위해 소중한 하루를 보내라.

***

인생의 목표

크든 작든 우리에게는 목표가 있다. 공동의 목표도 있고, 개인의 목표도 있다.

'목표란 달성하기 위하여 있는 것이다.'하고 큰소리로 장담하는 사람이 있는가 하면, 목표를 설정하지 않은 채 막연한 상태로 허송세월로 삶을 낭비하는 사람도 있다. 지금 우리 앞에 해결해야 할 과제도 목표이고, 어떤 기간까지 성취해야 할 골Goal도 목표이다.

공동의 목표이건, 개인의 목표이건 우선 목표를 세우는 것이 인생의 출발점이다.

• • •
어떤 배려

天道無親 常與善人천도무친상여선인
하늘의 뜻은 특별히 누구를 돕는 것이 아니고 항상 착한 사람을 돕는다.

법정스님이 말씀하신 천당에 걸맞은 이야기 둘을 소개한다. '배려'의 의미를 되새겨보기 바란다.

이야기 하나

제법 오래된 이야기가 되겠는데, 가난한 학생 마틴(Martin)은 조그마한 도시에 있는 작은 대학의 입학허가서를 받았다.

그는 학비 마련을 위해 일자리를 찾아 나섰고, 동네 근처에 있는 비닐하우스 농장의 현장감독이 마틴의 사정을 듣고 그곳에 일자리를 마련해주었다.

농장의 인부들은 점심시간이 되면 농장 한편에 있는 커다란 나무 밑에 둘러앉아 점심을 먹었지만, 형편이 어려워 점심을 싸 오지 못한 마틴은 조금 떨어진 다른 나무 그늘 밑에서 그 시간을 보내야 했다.

그런데 그때 현장감독의 투덜거리는 소리가 들려왔다.

"젠장, 이놈의 마누라가 나를 코끼리로 아나? 이렇게 많은 걸 어떻게 다 먹으라고 싸준 거야? 이봐, 누가 이 샌드위치와 케이크 좀 먹어줄 사람 없어?"

그리하여 마틴은 현장감독이 내미는 샌드위치와 케이크로 배를 채울 수 있었다.

현장감독의 불평 섞인 하소연은 매일같이 이어졌고, 그 덕분에 마틴은 점심때마다 밥을 먹을 수 있었다.

봉급날 마틴은 급료를 받기 위해 사무실로 들어갔다. 급료를 받고 나오면서 그곳의 경리직원에게,

"현장 감독님께 감사의 말씀을 전해주십시오. 그리고 감독님 부인의 샌드위치도 정말로 맛있었다고 전해주세요."
라고 말하자, 경리직원은 놀란 눈으로 이렇게 되묻는 것이었다.

"부인이라니요? 감독님의 부인은 5년 전에 돌아가셨는데요. 감독님은 혼자 살고 계신답니다. 부인을 그리워하시면서."

"...?"

이야기 둘

남편 없이 홀로 아이를 키우는 여인이 있었다. 어느 날 그녀는 꼭 움켜쥔 돈 10,000원을 들고 동네 모퉁이에 있는 구멍가게로 분유를 사러 갔다. 분유 한 통을 계산대로 가져가니, 가게 주인은 16,000원이라고 했다.

힘없이 돌아서는 아이 엄마 뒤에서 가게 주인은 분유통을 제자리로 가져가 올려놓는다. 그러다가 분유통을 슬며시 떨어뜨리고는 아이 엄마를 불러 세우고, '찌그러진 분유는 반값'이라고 알려준다.

아이 엄마가 내놓은 10,000원을 받고 분유통과 함께 거스름돈 2,000원을 건네주었다.

아이 엄마는 감사한 마음으로 분유를 얻었고, 가게 주인은 8,000원에 행복을 얻었다.

진정한 배려는 내가 하는 일을 자랑하거나 드러내지 않기에 상대방을 불쾌하거나 부담스럽게 만들지 않는다. 그렇기에 그 감동은 오랫동안 잊히지 않는 것이다. 여인의 마음을 상하지 않게 하는 주인의 마음에서 작은 천국을 본다. 천국은 저 멀리 따로 동떨어져 있는 것이 아니다. 진정한 부자는 재산이 많은 사람이 아니라 다른 사람을 배려하면서 자신의 행복을 누리는 사람이다.

***

꿈은 열매를 맺는다

토머스 에디슨은 전등 발명을 꿈꾸었다. 그 꿈을 실현하기까지 얼마나 많은 실패를 거듭하였던가. 그래도 전등을 발명하기까지 꿈을 버리지 않았다.

라이트 형제는 하늘을 나는 기계를 만들겠다는 꿈을 가졌다. 그것이 지금의 공중여행을 가능하게 했다. 라이트 형제의 꿈은 건전한 것이었다. 현실에 입각한 꿈을 꾸는 사람은 절대 단념하지 않는다.

사람은 나눔으로 인생을 만들어

解衣推食해의추식
남에게 두터운 은혜를 베풂

어느 가난한 부부가 딸 하나와 살고 있는데 딸이 아파서 병원에 입원하게 되었다.

"여보, 오늘 수술을 못 하면 '수미'가 죽는데 어떻게 해? 어떻게든 해봐!"

아내의 통곡 어린 말이 남편의 가슴을 훑고 지나간다.

힘없이 병실 문을 나서는 남자가 갈 수 있는 데라고는 포장마차뿐이었다. 아픔의 시간을 혼자 외로이 견뎌내는 슬픈 원망 앞에는 소주 한 병과 깍두기 한 접시가 놓여있었다.

우울한 마음으로 술을 마신 남자가 어둠이 누운 거리를 헤매다가 담배 한 갑을 사려고 멈춰 선 곳은 불이 꺼진 가게 앞이었다.

술김에 문손잡이를 당겼더니 문이 열렸다. 두리번거리던 남자의 눈에는 달빛에 비친 금고가 들어왔다.

그 순간, '여보 어떻게든 해봐!' 하던 아내의 말이 뇌리를 스치고 지나갔다.

금고문을 열고 정신없이 돈을 닥치는 대로 주머니에 주워 담고 있을 때, 어디선가 자신을 바라보는 인기척이 느껴졌고 고개를 돌리는 순간, 백발의 할머니가 서 계시는 게 보였다.

남자가 놀라 당황하며 주머니에 넣었던 돈을 금고에 다시 옮겨놓고 있을 때, 말없이 다가선 할머니의 입에서 이런 말이 흘러나왔다.

"잔돈을 가져다 어디에 쓰려고? 무슨 딱한 사정이 있어 보이는데 그 이유나 들어보세."

남자는 할머니 앞에서 무릎을 꿇고 오열하였다.

"말을 하지 않아도 알겠네. 오죽 힘들었으면...! 살다 보면 뜻하지 않는 일들이 생기는 게 인생 아니겠나. 힘내게!"

할머니는 남자의 손에 무언가를 쥐여주며 말했다.

"부족하겠지만 이것으로 급한 불은 끄게나."

가게 문을 나서 걸어가는 남자가 어둠 속에 서 계시는 할머니를 자꾸만 뒤돌아보면서 울먹이고 있을 때 할머니가 말했다.

"열심히 살아. 그러면 또 좋은 날이 올 거야."

똑같은 가을이 세 번째 바뀌어 가던 어느 날, 할머니 가게의 문을 열고 한 남자가 들어섰다.

가게에는 할머니가 안 계시고 젊은 여자가 있었다.

젊은 여자는 말했다.

"어서 오세요. 뭘 드릴까요?"

두리번거리기만 하던 남자가 물었다.

"저어, 여기 혹시 할머니...."

"어머니를 찾으시는군요. 작년에 돌아가셨습니다."

남자는 할머니의 딸에게 지난 사연을 이야기하고 돈을 갚았다.

얼마 후 남자는 할머니가 묻혀 계신 산소를 물어물어 찾아갔다.

"할머니, 할머니께서 빌려주신 돈을 잘 쓰고 따님에게 돌려드렸습니다. 그땐 참 감사했습니다."

감사의 눈물을 흘리던 남자의 눈에 묘비에 적힌 글자가 눈에 들어왔다.

'사람은 나눔으로 인생을 만들어간다.'

다시 사계절이 두어 번 오고 간 후 해맑은 하늘에 사랑 비가 간간이 뿌려지는 날 오후, 공원에 푸드 트럭 한 대가 할아버지들에게 무료로 급식을 나눠주고 있었다.

남편은 밥, 아내는 국, 딸은 반찬을 맡아서 나눠주는 모습이 참 아름다웠다. 그런데 트럭 지붕의 맨 꼭대기에서 바람에 펄럭이는 깃발에는 '사람은 나눔으로 인생을 만들어간다.'라는 문구가 적혀 있었다. 할머니의 사랑이 말없이 퍼져가는 아름다운 풍경이었다.

'사람은 나눔으로 인생을 만들어간다.'라는 이 말, 지금 당장은 실천 못 하더라도 언젠가는 조그마한 일이라도 실천할 날이 오겠지요?

여덟 명의 자식과 한 애인

風木之悲 風樹之嘆 풍목지비 풍수지탄
자식이 부모에 효도하려고 해도 이미 부모는 세상을 떠나고 없다.

엄마가 57세에 혼자가 되었다. 나의 이혼 소식에 쓰러진 아버진 끝내 돌아오지 못하셨고, 그렇게 현명하셨던 엄마는 정신이 반은 나간 아줌마가 되어 오빠들 눈치 보기 바빴다.

이제 아버지 노릇을 하겠다는 큰오빠 말에 그 큰 집을 팔아 큰오빠에게 다 맡겼고 나 몰라라 하는 큰오빠 때문에 작은 오빠의 모든 원망을 감수해야 했다.

사이좋던 팔 남매가 큰오빠 때문에 모이는 횟수가 줄어들수록 엄마의 표정은 점점 굳어져 갔고 노름하는 아들한테조차 할 말을 못 하는 딱한 처지가 되어버렸다.

그걸 이해하는 난 엄마가 원하는 대로 형제들에게 돈을 풀어주었고 그런 나에게 미안했던 엄마는 가끔 나에게 이런 말씀을 하셨다.

"널 낳지 않았으면 난 어떡할 뻔했니?"

"괜찮아, 엄마. 엄마는 우리 여덟 잘 키웠고, 큰오빠가 지금 자리 잡느라 힘들어서 그렇지, 효자잖아. 이젠 새끼 걱정 그만하고 애인이나 만들어서 즐기고 살아!"

"난 애인은 안 돼. 네 아빠 같은 남자가 없어."

그러던 엄마가 어느 날 나에게 슬그머니 말씀하셨다.

"남자친구가 생겼어. 작년 해운대 바닷가 갔다가 만났는데 괜찮은 거 같아서 가끔 같이 등산 간단다."

"어쩐지. 자꾸 등산을 가더라. 뭐 하는 분인데?"

"개인병원 의사인데 사별했대."

"이번 엄마 환갑 때 초대해봐. 언니 오빠들한테 잘 말해놓을게."

우린 엄마 생신 때 호텔 연회장 하나를 빌렸고 엄마의 지인들과 여고 동창들을 초대했다. 그리고 그 아저씨도.

엄마의 남자친구는 멋졌다. 그리고 잘 어울렸고 아버지와 비슷한 분위기를 풍겨 더 좋았다.

"그 집 아들들이 재혼을 원한다는데 어쩌지? 혼자 계시는 아버지가 좀 그렇다네."

모두 찬성이었다. 그런데 작은 오빠가 길길이 뛰기 시작했다.

"안 돼, 엄마, 그런 게 어디 있어? 우리 불쌍한 아버진 어쩌라고! 그 나이에도 남자가 필요해? 우리 자식 보며 살면 안 돼? 창피해! 형은 장남이 되어서 엄마 모시기 싫어서 그래? 내가 모실 테니 걱정하지 마. 그러면 아버지 제사 땐 어떡할 건대? 엄마! 아직 난 엄마가 필요하다고!"

말도 안 되는 궤변을 늘어놓는 미친놈이 보기 싫어 형제들은 다 가버렸고 소리 지르며 욕을 퍼붓는 나를 엄마가 막으셨다.

"그만해라, 없었던 일로 하마."

그리고 다음 해의 어느 날 술이 잔뜩 취해 올케와 싸웠다는 작은 오빠에게서 전화가 왔고, 가지 말라고 말리는 나를 뒤로하고 나간 엄마를 다음날 병원 응급실에서 만났다.

새벽에 얼까 봐 수돗물을 틀어놓으려 나오셨다가 쓰러졌고, 뒤늦게 발견된 엄마! 우리 자식들은 중환자실에 누워있는 혼수상태의 엄마에게 처음엔 매일같이 붙어있었지만, 시간이 좀 흐르자 언제 끝날지 모르는 일에 두려워지기 시작했다. 슬슬 볼일들을 보기 시작했고 면회시간을 꼭 지켜 기다리고 있는 건 병원을 맡기고 온 원장님 뿐이었다. 우린 깨어나지 않는 엄마를 기다릴 뿐이었는데 원장님은 엄마를 주무르며 계속 속삭였다.

"박 여사, 일어나요. 우리 전에 시장가서 먹었던 선짓국밥, 그거 또 먹으러 갑시다. 내가 사준 원피스도 빨리 입어 봐야지!"

담당 의사는 우리 남매들을 불러놓고 말했다.

"병원에서 해줄 것은 더 없습니다. 이제 퇴원하셔야 합니다."

평생 '식물인간'이라는 판정과 함께 어디로 모셔갈 건지 정해줘야 차로 모셔주겠다는 말에 모두 헉하는 놀람을 토했다.

큰 올케가 먼저 말했다. 자신은 환자를 집에 모시는 건 못한다고. 둘째 오빠가 말했다. 맞벌이라 안 된다고. 장가도 안 간 스물여덟 살 막냇동생은 울기만 한다. 딸들의 표정은 당연히 큰오빠가 해야지, 본인들과는 상관없는 이야기였다. 오빠들은 '그동안 네가 모셨으니 계속하면 안 될까?' 하는 표정으로 나를 본다.

그냥 누워계시는 게 아니라, 산소 호흡기를 꽂고 있어야 하니 모두 선뜻 대답을 못 했다.

난 결국 내 짐인 줄은 알지만, 형제들 하는 꼴을 보고 있는데,

"저, 제가 감히 한마디 해도 될까요?"

언제 오셨는지 우리 곁으로 오신 원장님께서,

"제가 그때 박 여사와 재혼을 말할 때 박 여사가 이렇게 말했어요. '아직 우리 애들한텐 엄마가 필요한가 봐요. 자식들이 내가 필요 없다 하면 그때 갈게요.' 했어요. 지금도 엄마가 필요하세요? 저렇게 누워있어도, 숨만 쉬고 있어도 난 박 여사가 필요합니다. 나한테 맡겨주세요. 내 병원이 박 여사한텐 더 편할 겁니다."

작은 오빠가 통곡했다. 다른 형제들이 울기 시작했다. 엄마는 결국 퇴원을 못 하고 돌아가셨다.

모두 저마다 믿는 신에게 기도했겠지만 난 엄마에게 부탁했다.

"엄마! 엄마의 예뻤던 모습만 보고 먼저 간 아버지는 잊고, 엄마의 병든 추한 모습까지도 사랑한 이 원장님만 기억하고 가. 엄마! 엄마는 팔 남매 키운 공은 못 보고 가셨지만, 여자로서의 사랑만큼은 멋있었어."

우리 엄마는 가슴 졸이며 평생 키운 팔 남매가 아닌, 몇 년 만난 남자의 손을 잡고 67세에 마지막 숨을 거두셨다.

자식이 식물인간이 되었다면 부모는 무엇을 이유로 댈까? 우리 팔 남매는 엄마를 모셔가지 못할 이유가 다 있었다. 더 끔찍한 것은 나도 그 입장이라면 그런 핑계를 대지 않았을까 이해가 된다는 것이었다.

우리 엄마한테 묻고 싶다.

"엄마, 다시 새 인생을 준다면 또 팔 남매 낳을 거야?"

누나 이야기

棣鄂之情체악지정
형제의 정이 두텁고 사랑스러움

      가난한 집안에 장녀로 태어나 제대로 배우지도 못하고 초등학교만 졸업하고 남의 집 식모로 팔려가 몇 푼 되지도 않는 돈을 받고 살다가 조금 머리가 커지자 봉제 공장에서 기술을 배우고자 시다[1]부터 시작해서 잠도 못 자면서 죽으라 일만 하던 누님이 계셨지요.

  한창 멋을 부릴 나이에 얼굴에 바르는 화장품 하나 사 쓰는 것도 아까워 안 사고 돈을 버는 대로 고향 집에 보내서 동생들 뒷바라지했답니다.

  그 많은 먼지를 머리에 뒤집어쓰고 몸은 병들어가는 줄도 모르고 소처럼 일만 해서 동생 셋을 대학까지 보내 제대로 키웠지요.

  누나는 시집가는 것도 아까워 사랑하는 남자를 눈물로 보내기도 했지만, 이를 악물고 감내하며 숙명이라 생각하고 그렇게 늙어갔습니다.

  그러다가 몸이 이상해서 약국에서 산 약으로 버티다 결국은 쓰러

---

1) 일하는 사람의 옆에서 그 일을 거들어주는 사람

져 동료들이 업고 병원으로 데리고 갔는데, 위암 말기라는 판정을 듣습니다.

그나마 다행인 것은 수술해서 위를 잘라내면 살 수 있다고 했답니다. 나는 미국에 사는 동생에게 전화합니다.

"동생아, 내가 수술을 해야 하는데 3,000만 원 정도 든단다."

동생이 골프를 치다 말고 말합니다.

"누나, 내가 3만 불이 어디 있어?"

누나는,

"알았다. 미안하다."

힘없이 전화를 끊습니다.

둘째 동생에게 전화합니다.

둘째 동생은 변호사입니다.

"동생아, 나 수술해야 하는데 돈이 없네. 어떡하지?"

둘째가 말합니다.

"누나, 요즘 수임이 없어서 많이 힘드네."

그러곤 바로 전화를 끊어버립니다.

막냇동생에게 전화했습니다.

사정 얘기를 하자 막일을 하며 힘겹게 사는 동생이 부인과 함께 단숨에 뛰어왔습니다.

"누나, 집 보증금을 빼 왔어. 이걸로 수술합시다."

누나는 막내의 사정을 빤히 알고 있기에 그냥 두 부부를 부둥켜안고 울기만 합니다.

수술하기 전날 밤, 보호자 침대에서 잠이 든 올케를 바라보던 누나는 조심스레 옷을 갈아입고 안개 속으로 걸어나갔습니다.

건널목에 서 있던 누나는 자동차 불빛 속으로 뛰어들었습니다. 그렇게 누나는 한 많은 이승에서의 삶을 마감하고 맙니다.

올케는 꿈속에서 조용히 미소를 지으며 어깨를 토닥이는 누나의 손길이 느껴져 놀라 깨어보니, 누나의 자리가 비어 있습니다. 그리고 빈 침대 위에 놓인 편지를 봅니다. 몇 줄의 글이 눈에 들어옵니다.

"막내야, 올케야, 고맙다. 죽어서도 너희들을 지켜주마. 내가 그나마 죽기 전에 보험을 들어 놓아서 이거라도 줄 수 있어서 참 다행이구나."

참으로 기구한 운명입니다.

누나가 죽자 장례식에도 참석하지 않은 다른 두 동생은 누나의 사망 보험금이 상당하다는 걸 알고 막내를 협박합니다.

"우리와 똑같이 나누지 않으면 가만있지 않겠다. 법적인 모든 것을 동원하겠다."

두 형수와 함께 욕을 하며 막내 부부에게 위협을 가합니다.

결국은 법정 다툼으로 갔습니다.

막내는 그냥 줘버릴까도 생각합니다. 하지만 누나의 피 값을 두 형으로부터 지키고 싶었던 막내는 결국 소송을 시작합니다. 그 소식을 들은 친구가 변론을 맡아주기로 했습니다. 몇 개월의 소송 끝에 판결을 받습니다.

판사는 떨리는 목소리로 판결문을 읽어 내려갑니다. 그리고 누나의 휴대전화에 저장된 문자를 읽어주자 두 형은 두말하지 않고 밖으로 나갑니다.

박수받아 마땅한 고귀한 여정旅程

舐犢之愛지독지애
늙은 소가 송아지를 혀로 핥는다

　　　　　재래시장에서 국수와 만두를 만들어 파는 아주
머니 한 분이 계셨다. 어느 날, 하늘이 비가 올 듯 말듯 꾸물거리더
니 후드득 비가 쏟아지기 시작했다. 소나기겠거니 했지만 비는 계속
내렸고 도무지 그칠 기미를 보이지 않았다.

　아주머니에게는 슬하에 고등학생 딸이 하나 있었는데, 비가 오기
전 미술학원에 간다면서 우산을 들고 가지 않았다는 생각이 문득
났다. 아주머니는 우산을 가져가지 않은 딸이 걱정되어 서둘러 가게
를 정리하고 우산을 들고 딸의 미술학원으로 달려갔다.

　그런데 미술학원에 도착한 아주머니는 학원 문 안으로 들어가지
도 못한 채 주춤거리고 서 계시는 것이었다. 아주머니는 가게에서
부랴부랴 나오는 통에 그만, 밀가루가 덕지덕지 묻은 작업복에 낡은
슬리퍼, 심지어 앞치마까지 둘러매고 황급히 달려왔기 때문이었다.

　감수성 예민한 여고생 딸이 혹시나 엄마의 초라한 차림새에 창피
해하진 않을까 생각한 아주머니는 건물 주위, 학생들이 잘 보이지
않는 곳에서 딸을 기다리기로 했다.

빗줄기는 여전히 굵었고, 한참을 기다리던 아주머니는 혹시나 하고 학원생들이 있는 건물 2층을 올려다봤다. 학원은 이미 끝난 듯 보였다.

마침 빗소리에 궁금했는지, 아니면 엄마가 온 걸 직감했는지 딸아이가 창가에서 내려다보았고, 엄마와 눈이 마주쳤다.

엄마는 반가운 마음에 딸을 향해 손을 흔들었지만, 딸은 못 본 척 몸을 숨겼다가 다시 살짝 고개를 내밀고 엄마를 보고서는 다시 숨듯 반복하는 것이었다.

엄마의 생각엔 딸이 혹시나 엄마의 초라한 모습 때문에 기다리는 것을 원치 않는 것이 아닌가 싶었다.

아주머니는 슬픔에 잠긴 듯 딸을 못 본 척하고 집으로 돌아왔다.

그로부터 한 달이 지난 어느 날 미술학원으로부터 학생들의 미술작품 전시회를 한다는 초대장이 집으로 배달되었다. 엄마의 모습을 피하려 했던 딸의 모습이 머리에 떠올라 전시회를 가야 할지 말아야 할지 한나절을 고민하던 아주머니는 늦은 저녁이 되어서야 가장 깨끗한 옷으로 갈아입고 미술학원으로 달려갔다. 혹시나 전시회가 끝났으면 어쩌나 하는 걱정을 한가득 안고 달려온 아주머니는 다행히도 열려있는 미술학원 문을 보고 안도의 한숨을 내쉬었다.

아주머니는 또다시 미술학원 문 앞에서 망설였지만, 결심이 선 듯 문을 열고 들어갔다. 벽에 걸려있는 수많은 그림을 감상하기 시작했다.

그때 한 그림 앞에 멈춰선 아주머니는 당황한 기색이 역력하였다. 아주머니는 그림 하나에서 눈을 떼지 못했다. 그림 밑에 붙은 제목은 <세상에서 가장 아름다운 모습>, 그림 내용은 비 오는 날 우산과 여인, 그리고 반죽한 밀가루가 허옇게 묻은 여인의 작업복과 앞치마, 낡은 신발.

그 그림 속에는 한 달 전 어머니가 학원 앞에서 딸을 기다리던 그 초라한 모습이 한 폭의 그림 속에 고스란히 담겨있었다.

딸은 비 오던 그 날 우산을 들고 미술학원을 찾아온 엄마를 창문 뒤에 숨어서 피한 것이 아니라, 비 오던 그 날 가장 아름다운 엄마의 모습을 열심히 화폭에 담고 있었다.

<세상에서 가장 아름다운 모습> 정감이 넘치는 한 폭의 아름다운 그림을 엄마가 북받치는 가슴을 부둥켜안고 조용히 감상하고 있을 때, 어느새 엄마 곁으로 환하게 웃으며 다가온 딸과 눈이 마주쳤다. 눈물이 흐르는 것을 간신히 참으며 두 모녀는 <세상에서 가장 아름다운 모습> 그 한 폭의 그림을 오래도록 함께 바라보았다. 딸은 가장 자랑스러운 눈빛으로, 엄마는 가장 행복한 가슴으로.

부모가 자식 생각하는 크기만큼 자식이 부모를 생각하는지 비교할 순 없겠지만, 자식 또한 부모 못지않게 부모를 자랑스러워하고 걱정하며 사랑한다는 것은 사실이다.

그대 역시 누군가에게 소중한 어머니고 고귀한 아버지다. 더불어 고귀하고 소중한 어머니와 아버지를 모시고 살아가는 그대 또한 가장 소중하고 엄청 귀중한 딸이고 아들이 아니겠는가!

그대가 남긴 수많은 아름다운 발자국과 그 보배로운 값진 인생이야말로 무한한 환영과 축하, 격려, 찬성, 박수를 받아 마땅하고 당연하지 않겠는가.

뒷동산의 꽃

天涯比隣천애비린
대단히 멀리 떨어져 있어도 가까이에 있는 듯 친근한 감정이나 관계

겨울에는 눈이 내려야 제격이련만 바보처럼 내리는 눈을 피하려 한 평 남짓한 구두 수선집으로 몸을 숨겼다.

문을 열자 담배를 태우다 끄셨는지 아직 빠져나가지 못한 퀴퀴한 연기가 작은 환풍기를 통해 다투어 빠져나갈 때, 나이 일흔이 넘으신 분이 양다리가 없는 불구의 몸으로 창 너머 연무가 낀 하늘을 바라보시다가 거북이처럼 다가와 나의 흙 묻은 구두를 품듯이 안으며 닦기 시작했다.

불구의 어르신 앞에 다리를 꼬고 앉은 내 행동이 무례한 것 같아 '어르신! 힘들게 번 돈 어디에 쓰시나요?' 하고, 공손히 여쭙는 나의 말에, 내 눈을 피해 작은 창을 바라보다 밖에 내리는 눈을 보면서 눈물을 훔치며 주섬주섬 말을 찾다가 가슴에 응어리진 긴 지난날의 이야길 들려주셨다. 힘들게 번 그 돈을 한 달에 한 번 보내주는 곳에 대해서.

부모님도 형제도 아닌, 신분을 밝히지 못한 채 수십 년 동안 보내주는 곳, 구두를 닦으며 이야기를 들려주시면서 자꾸만 눈물을 흘

리고 계셨다.

목에 걸려있는 침을 삼키며 상기된 얼굴로 지난날을 말하기 시작하셨다.

아주 옛날부터 대대로 물려온 지긋지긋한 가난, 한 마지기 땅으로 아홉 식구가 사는 집의 장남인 나는 우는 할머니와 어머니와 동생들의 손을 뿌리치고 자유 평화가 아닌 돈을 벌기 위하여 월남전(월남과 베트남 전쟁)에 자원해 간 거야.

하지만 더 가슴 아픈 것은 몸이 불편하신 아버지보다 사랑하는 여자를 두고 가는 것이었어. 울며 매달리는 그 여자의 손을 잡고 약속했었지. 어떤 일이 있어도 살아서 돌아오겠노라고.

그녀가 말하더군. 살아만 돌아오라고. 언제까지라도 기다리고 기다리겠다고.

같이 마을 뒷동산에 올랐는데, 작은 몸을 떨며 나를 붙잡고 얼마나 울던지....

그리곤 이삼일 후 난 해병대에 자원해 월남으로 파병되었지.

그 뒤 서로의 안부를 확인하는 하루하루가 지옥 같았어. 살기 위해 싸웠고 약속을 지키기 위하여 죽지 말아야 했지.

수 없는 전투를 힘들게, 힘들게 살아남으며 편지 왕래하던 다음 해 지금처럼 눈이 펑펑 내릴 때였어. 귀국을 앞둔 겨울 마지막 전투에서 벙커로 적의 수류탄이 떨어진 거야. 생각할 여지가 없었지. 부모 동생 생각은 안 나고 그 여자 얼굴만 잠깐 보이더군. 그리곤 떨어진 수류탄을 몸으로 막아 동료들의 목숨을 구했지.

눈을 떠보니 내가 하체가 없는 불구가 된 거야. 통합병원에서 겨우 살아났건만 울면서 밤을 지새우며 정신을 차리고 생각해 보니 그 몸으론 사랑하는 여자 앞에 나설 수가 없음을 알았던 거야.

고민 끝에 세상에서 제일 슬픈 말을 전해야 했어. 그 여자에게 내가 전사했다고.

그러고 나서 난 가슴이 찢어져 내리는 것 같아 잠도 못 자고 밥도 못 먹었지.

그 후 겨울이 두 번 바뀌고 불구로 제대한 3년쯤 후에 상처가 아물자 난 그 여자가 보고 싶어졌어.

그즈음 그 여자가 결혼했다는 소문이 나돌았지. 난 잘 살길 기원하면서도 숨어서라도 딱 한 번만, 한 번만이라도 보고 싶어졌어.

그러던 어느 겨울, 눈도, 눈도 왜 그리 많이 내리던지. 그달 이맘때쯤인가 기적처럼 어느 간이역에서 그녀를 만났어.

둘은 아무 말도 못 하고 멍청히 서만 있었지. 그러고 나서 그 여자의 남편을 보는 순간 난 더 기가 막혔지.

그 남편은 나보다도 더했어. 양손과 양다리가 다 없는 불구였지.

그 여자는 사랑하는 나를 월남전에서 잃었다고 생각하고, 나와의 약속 때문에 나와 처지가 비슷한 그 남자와 결혼한 것이었어.

그 얘길 듣고 난 나 자신에게 화가 나서 참을 수가 없었지. 그 남자를 버리라 할 수도 없고 내게 돌아와 달라 말할 수도 없었어.

그 여자가 하체가 없는 내 앞에 엎드려 한참을 울더군. 그렇게 한참을 울다가 해가 질 때쯤 떠나가면서 나에게 말하더군.

우리 둘이 약속한 그 뒷동산의 꽃을 내 눈물로 키웠다고. 하지만 살아줘서 고맙다고.

그리곤 뒤로 손 흔들며 내리는 눈 속으로 떠나가 버렸어.

그 후로 난 지금까지 웃으며 살아본 적이 없어. 그저 그녀와 함께 했던 그 동산에 올라 나 자신을 책망하며 살아왔지. 용서를 빌며 인연의 끈을 놓기 싫어 얼마 안 되지만 작은 도움이라도 되어주고 싶어서 이렇게 번 돈을 그 여자한테 매월 무명으로 보내고 있지.

노인은 그렇게 말을 이어가면서도 자꾸만 자꾸만 하늘을 보며 눈물을 닦아내고 계셨다.

난 구두 수선 방을 나서며 나도 모르게,

"아아, 이 개떡 같은 놈의 세상!" 하면서 주먹을 불끈불끈 쥐었다.

***

지금 행복하지 않으면 내일을 기다릴 필요가 없다

초조해하지 말고 당황하지 마라.

오늘 하루의 일에 최선을 다하라.

잠시 기다리는 것이 인생에는 중요하다.

어떤 사람은 너무 지나치게 조급해하며 살기 때문에 비극을 만난다. 보통 사람들은 그 발상이나 속도를 따라잡지 못해서 비극적인 결말을 맞이한다.

'서두르는 것도 좋고, 쉬는 것도 좋다.'는 각오가 중요하다.

효성 깊은 며느리

班衣之戲반의지희
색동옷을 입고 즐겁게 한다.

옛날 충남 공주 땅 팔봉산 자락에 효심이 지극한
청상과부가 병든 시아버지와 단둘이 살았다. 본래 밭고랑 하나 없이
찢어지게 가난한 집안에다 그나마 시집온 지 삼 년 만에 들일 나갔던
서방이 벼락 맞아 졸지에 죽는 바람에 기력 없는 시아버지만 떠안고
말았다.

말하기 좋아하는 동네 사람들이 과연 몇 해나 버틸 거냐고 허구한
날 수군거렸지만, 청상과부의 효성은 벌써 일곱 해를 하루 같이
변할 줄 몰랐다. 시아버지의 병구완은 변함없이 지극 정성이었으며
봄이면 날품팔이, 여름이면 산나물과 약초를 캐다 팔아 힘든 생계를
이어갔다.

"아가야, 그만 친정으로 돌아가거라. 그만큼 고생했으면 됐다.
이제 좋은 상처 자리라도 만나 배나 곯지 말고 살아야 하지 않겠느
냐? 널 탓하고 나무랄 사람은 아무도 없다. 이제 돌아가거라!"

병든 시아비는 틈만 나면 며느리의 손을 잡고 통사정하며 울었다.

"아버님, 제집이 여기인데 왜 자꾸만 저를 내치려 하십니까? 저는

아무 데도 안 갑니다. 살아도 이 집 며느리요, 죽어도 이 집 귀신인 제가 가기는 어딜 간단 말입니까? 제발 그런 말씀 마시고 어서 몸이나 쾌차하십시오.”

몹시 흉년이 든 어느 해 추석이 돌아왔다. 그나마 받은 품삯을 시아버지 약값으로 다 쓰고 보니 정작 차례 지낼 일이 걱정이었다. 이틀 후면 한가위인데 아무리 궁리를 해보아도 묘책이 떠오르지 않았다. 그렇다고 빈 상에 냉수만 올리고 제사 지낼 수는 없는 일이었다. 돌아가신 분은 그렇더라도 병든 시아버지의 낙심을 차마 눈 뜨고 볼 수 없었다.

다음날 이른 아침 며느리는 방문 앞에서 시아버지에게 인사를 올렸다.

“아버님, 저 읍에 좀 다녀오겠습니다!”

며느리가 쪽마루를 내려서는데 시아버지는 그날따라 안간힘을 써가며 문구멍으로 그 모습을 지켜보았다. 어깨를 축 늘어뜨리고 사립문을 나서는 며느리의 가련한 모습을 보면서 시아비는 피를 토하며 울었다.

며느리는 정처 없이 어딘가를 향해 걸었다. 땀은 비 오듯 쏟아지고 두 다리는 돌덩이를 매단 듯 천근만근 무겁기만 했다. 걷다 힘이 부치면 냇가 미루나무 아래서 쉬고 추수가 끝난 들녘에서 벼 이삭을 주우며 걸었다. 하늘을 쳐다보니 야속하기만 한 서방의 얼굴이 어른거려 눈물만 쏟아졌다. 걷고 또 걷고, 얼마나 걸었는지 해는 어느새 한나절이 지나고 서쪽 하늘이 봉선화 꽃잎을 흩뿌린 것처럼 물들고 있었다. 그리고 큰 재를 넘으니 마침내 오매불망 그리던 친정 마을

이 눈앞에 펼쳐졌다.

"아버지, 어머니...."

딸은 실로 몇 해 만에 보았을 친정을 내려다보며 큰절을 올렸다. 그리고는 날이 어둡기만을 기다리며 그토록 서럽게 울었다.

얼마 후 딸은 친정집 광에서 제법 묵직한 자루 하나를 들고나와 미친 듯이 재를 넘고 있었다. "되었다. 이만하면 되었다!" 딸은 뒤를 돌아볼 새도 없이 오던 길을 향해 정신없이 내달리기 시작했다.

가뭄이 들었다지만 요행히도 친정집은 아직 보릿가루며 보리 기울이 넉넉한지라 이고 갈 만큼 퍼 담았다.

그녀가 그렇게 곡식 자루를 이고 뒷동산을 넘고 있을 때 말없이 툇마루에 서서 물끄러미 그 광경을 지켜보고 있는 이가 있었으니 바로 친정아버지였다. 아버지는 딸의 모습이 시야에서 사라질 때까지 바라보며 울고 또 울었다.

"아이고 불쌍한 것, 어찌 이다지도 박복하더란 말이냐. 오죽이나 살기가 힘들었으면 이 한가위에 친정 울타리를 다 넘었겠느냐. 아이고, 불쌍한 내 딸아!"

며느리는 새벽녘이 다 되어서야 온몸이 땀에 절어 돌아왔다. 그 머나먼 곳을 다녀왔지만, 그녀는 집을 나설 때와는 다르게 하나도 피로한 기색이 없었다. 한가윗날 아침에 산나물 반찬에 밀가루 전을 부쳐 흰쌀밥 올리고 조상은 물론, 시어머니와 서방님께 제를 올릴 수 있다고 생각하니 고단함은 눈 녹듯이 사라지고 마음은 한없이 설레었다.

그리고 추석이 며칠 지나 참으로 이상한 일이 벌어졌다.

어느 날 이른 새벽 사립문 밖에서 소란한 기척이 들려 밖으로 나가보니 서너 말이 됨직한 좁쌀 자루가 놓여있었다.

'이게 대체 무슨 일인가. 이 흉년에 누가 이 귀한 낟알을 두고 갔을까.' 아무리 생각하고 또 생각해 보아도 짐작이 갈만한 구석이 없었다. 아무리 궁색한 살림살이지만 남의 곡식을 덥석 축낼 수 없어 며칠을 새벽잠을 설치며 전전긍긍하는데, 어느 날 또다시 문밖에서 인기척이 들렸다. 몇 날 며칠을 기다렸던 터라 며느리는 죽을 힘을 다해 밖으로 뛰쳐나갔다.

그 사이 등에 지게를 걸머진 남자가 번개같이 담을 돌아 논둑길로 내려서고 있었다.

"보셔요, 잠시만 저를 보셔요."

어느새 남자의 등 뒤까지 따라간 며느리는 그만 낚아채던 남자의 팔을 놓고 그 자리에 주저앉았다.

"아버지!"

멋쩍은 듯 웃으며 돌아선 이는 친정아버지였다.

"이것아, 집에 왔으면 어미나 보고 갈 일이지. 고구마다. 허기질 땐 꽤 양식이 되고... 정 힘들면 대낮에 다녀가거라. 네 어미에게는 아직 말을 안 했다!"

"아버지, 절 보셨으면 왜 한 번 불러주지 않으셨어요!"

딸은 서럽게 목 놓아 울고 있었다.

"들어가라, 어서. 동네 사람 볼까 무섭다. 어서!"

돌아서는 아버지의 볼에서도 어느새 하염없는 눈물이 굴러떨어지고 있었다.

중국 조폭 두목이 사형집행 직전 남긴 말

富貴浮雲 부귀부운
부귀는 뜬구름과 같다.

'재산 7조 원' 중국 조폭 두목 한룽그룹 회장 류한이 49세의 젊은 나이에 사형이 집행되기 직전에 남긴 말이다.

"다시 한번 인생을 살 수 있다면, 노점이나 작은 가게를 차리고 가족을 돌보면서 살고 싶다. 내 야망이 너무 컸다."

인생, 모든 게 잠깐인 것을, 그리 모질게 살지 않아도 되는 것을.... 바람의 말에 귀를 기울이며 물처럼 그냥 흐르며 살아도 되는 것을.... 악쓰고 소리 지르며 악착같이 살지 않아도 되는 것을....

말 한마디 참고, 물 한 모금 먼저 건네주며, 잘난 것만 재지 말고, 못난 것도 보듬으면서 거울 속의 자신을 바라보듯 서로 불쌍히 여기고, 원망하고 미워하지 말고 용서하며 살 걸 그랬어.

세월의 흐름이 모든 게 잠깐인 '삶'을 살아간다는 것을.... 흐르는 물은 늘 그 자리에 있지 않다는 것을 왜 나만 모르고 살았을꼬?

낙락장송은 말고도 그저 잡목림 근처에 찔레나무나 되어 살아도 좋을 것을.... 근처에 도랑물 시냇물 졸졸거리는 소리를 들으며 살아가는 그냥 한 그루 소나무가 되었더라면 그만이었던 것을.... 무엇을, 얼마나 더 부귀영화를 누리겠다고 그동안 아등바등 살아왔는지 몰라....

사랑도 예쁘게 익어야 한다는 것을.... 덜 익은 사랑은 쓰고 아프다는 것을.... 예쁜 맘으로 기다려야 한다는 것을.... 젊은 날에 나는 왜 몰랐는지 몰라.

감나무의 '홍시'처럼 내가 내 안에서 무르도록 익을 수 있으면 좋겠다. 아프더라도 겨울 감나무 가지 끝에 남아있다가 마지막 지나는 바람이 전하는 말이라도 들었으면 좋았을걸."

"얼마나 살고 싶었는데...."

***

성공자와 실패자의 차이

승자는 실수했을 때 '내가 잘못했다'라고 말한다.

패자는 실수했을 때 '너 때문에 이렇게 되었다'라고 말한다.

승자는 "예, 아니요."를 확실히 말하고

패자는 "예, 아니요."를 적당히 말한다.

승자는 어린아이에게도 사과할 수 있으나

패자는 노인에게도 고개를 못 숙인다.

승자는 넘어지면 일어나 앞을 보고

패자는 넘어지면 일어나 뒤를 본다.

고려장이 없어진 유래

*佰愈泣杖*백유읍장
한백유가 매를 맞으며 울었다.

고려장은 고려인이 효심이 없어서 있었던 제도인가?

고려장 풍습이 있던 고구려 때 박 정승은 늙으신 어머니를 지게에 지고 산으로 올라갔다. 그가 눈물로 절을 올리자, 어머니는 '네가 길을 잃을까 나뭇가지를 꺾어 표시를 해두었다.'라고 말한다.

박 정승은 이런 상황에서도 자신을 생각하는 어머니를 차마 버리지 못하고, 국법을 어기고 노모를 모셔와 봉양한다.

그 무렵 중국 수隋나라 사신이 똑같이 생긴 말 두 마리를 끌고 와 어느 쪽이 어미이고 어느 쪽이 새끼인지를 알아내라는 문제를 낸다. 못 맞히면 조공을 받겠다는 것이었다.

이 문제로 고민하는 박 정승에게 노모가 해결책을 제시해준다.

"말을 굶긴 다음 여물을 주렴. 먼저 먹는 놈이 새끼다."

고구려가 이 문제를 풀자, 중국은 두 번째 문제를 또 냈는데, 그

건 네모난 나무토막의 위아래를 가려내라는 것이었다.

그런데 이번에도 노모는,

"나무란 물을 밑에서부터 빨아올린다. 그러므로 물에 뜨는 쪽이 위쪽이란다."

고구려가 기어이 이 문제를 풀자 약이 오를 대로 오른 수나라는 또 어려운 문제를 제시했는데, 그건 재(灰)로 새끼를 한 다발 꼬아 바치라는 것이었다.

당시 나라에서 아무도 이 문제를 풀지 못했는데 박 정승의 어머니가 하시는 말씀이,

"애야, 그것도 모르느냐? 새끼 한 다발을 꼬아 불에 태우면 그게 재로 꼬아 만든 새끼가 아니냐?"

중국에서는 이 어려운 문제들을 모두 풀자, "동방의 지혜 있는 민족이다."라며 다시는 깔보지 않았다 한다.

그리고 당시 수나라 황제 문제文帝는, "이 나라(고구려)를 침범하지 말라."고 당부한다.

그런데도 이 말을 어기고 아들인 수 양제煬帝가 두 번이나 침범해와 113만 명이 넘는 대군大軍으로도 고구려의 을지문덕 장군에게 대패하고는 나라가 망해버린다.

그 다음에 들어선 나라가 당唐나라인데 또 정신을 못 차리고 고구려를 침범하다가 안시성 싸움에서 깨지고 당시 황제인 태종太宗은 화살에 눈을 맞아 애꾸가 된 채로 죽는다.

이렇게 해서 노모의 현명함이 세 번이나 나라를 위기에서 구하고, 왕이 감동해 이후 고려장이 사라지게 되었다는 일화가 전한다.

그리스의 격언에 '집안에 노인이 없거든 빌리라'라는 말이 있다. 삶의 경륜이 얼마나 소중한지를 잘 보여주는 말이다.

가정과 마찬가지로 국가나 사회에도 지혜로운 노인이 필요하다. 물론 노인이 되면 기억력도 떨어지고, 남의 이야기를 잘 듣지 않고, 자신의 경험에 집착하는 경향도 있다. 나이는 기억력을 빼앗은 대신 그 자리에 통찰력이 자리 잡도록 해준다.

노인의 지혜와 경험을 활용하는 가정과 사회, 그리고 국가는 발전할 수 있을 것이다. 웃어른을 공경하는 사회 분위기를 조성하자.

누구나 노인이 된다. '천재가 경륜經綸을 이기지 못하고, 경륜이 연륜年輪을 이기지 못한다.'는 말이 있다.

***

휴식을 취하면서 자신감을 갖는다

마음의 안정을 얻으려면 먼저 육체를 편안하게 해야 한다. 가벼운 달리기나 줄넘기, 요가 등의 운동을 통해 매일 땀을 흘리면 상쾌해질 것이다. 특히 감정적인 성격을 가진 사람에게는 깊은 호흡운동을 권하고 싶다.

기분이 울적하면 무슨 일이든 감정적으로 처리하기 쉽다. 피로가 쌓이지 않도록 자신의 장점을 살려 스스로 삶의 방향을 찾아 주위를 살펴보는 여유를 가져야 한다.

인연因緣

奇貨可居기화가거
기이한 보화는 잘 두면 큰 이익이 됨

대한항공 샌프란시스코행 비행기 안에서 있었던 이야기다.

객실승무원들이 서비스를 한 차례 마친 후, 일부는 벙커로 휴식을 취하러 간 시간, 서○○ 씨가 더 필요한 것이 없는지 객실을 한 바퀴 도는데 할머니 한 분이 계속 화장실을 들락날락하며 어쩔 줄 몰라 하고 있었다. 도움이 필요할 것 같아 다가가 여쭈었다.

"도와드릴까요, 할머니? 어디 편찮으신 데 있어요?"

할머니는 잠시 아주 난처한 표정을 짓더니 서 씨의 귀에 대고, "아가씨, 내가 틀니를 잃어버렸는데, 어느 화장실인지 생각이 나지 않아. 어떡하지?" 하셨다.

"제가 찾아볼게요."라며 안심시킨 후 좌석에 모셨다. 그러곤 비닐장갑을 끼고 객실 안 화장실 쓰레기통을 뒤졌다. 마침내 세 번째 쓰레기통에서 서 씨는 휴지에 곱게 싸인 틀니를 발견하여, 틀니를 깨끗이 씻고 뜨거운 물에 소독까지 해서 할머니께 갖다 드렸다.

세월이 흐르고, 결혼을 약속한 신랑감의 외할머니가 바로 틀니 할머니였고, 그녀는 사랑받는 며느리가 되었다고 한다.

당신이 하는 일에 온 정신을 집중하라.
햇빛은 한 초점에 모일 때 불꽃을 낸다.
-그레이엄 벨

인생 칼럼 모음

삶의 쉼터

감사

마음

明哲保身명철보신
이치에 맞는 도리로 몸을 보전함

누가 이렇게 사람의 마음을 잘 정리해 놓았을까. 정독해보고 행복한 삶을 사는 데 도움이 되었으면 좋겠다.

거울은 '앞'에 두어야 하고, 등받이는 '뒤'에 두어야 한다.

잘못은 '앞에서' 말해야 하고, 칭찬은 '뒤에서' 해야 한다.

주먹을 앞세우면 '친구'가 사라지고, 미소를 앞세우면 '원수'가 사라진다.

미움을 앞세우면 상대편의 '장점'이 사라지고, 사랑을 앞세우면 상대편의 '단점'이 사라진다.

애인을 만드는 것과 친구를 만드는 것은 '물'을 '얼음'으로 만드는 것과 같다. 그것은 만들기도 힘들지만, 녹지 않게 지키는 것은 더 어렵다.

읽던 '책'이 없어져도 그 책의 '내용'은 머리에 남듯, 알던 사람이 떠나가도 그 사람의 '말'과 '행동'은 머리에 남는다.

우산 잃은 사람보다 더 측은한 사람은 '지갑' 잃은 사람이다. 지갑

잃은 사람보다 더 측은한 사람은 '사랑' 잃은 사람이다. 사랑 잃은 사람보다 더 측은한 사람은 '신뢰' 잃은 사람이다.

가진 자끼리 하는 포옹은 따뜻하지 않고, 못 가진 자끼리 하는 포옹은 따뜻하다. 그러나 가진 자와 못 가진 자의 포옹은 그 주위를 덥힐 만큼 뜨겁다.

이 세상에 행복보다 더 좋은 것이 있다. 그것은 만족이다. '큰 행복'이라도 '만족'이 없으면 불행이고, 아주 '작은 행복'도 만족이 있으면 큰 행복이다.

귤이 있다가 없어진 자리에는 향긋한 '귤 냄새'가 남고, 새가 놀다 간 자리에는 지저분한 '새털'이 남는다. 사랑이 있다가 간 자리에는 아름다운 '추억'이 남고, 욕심이 설치다 간 자리에는 안타까운 '후회'가 남는다.

'희망'이란 촛불이 아니라 '성냥'이다. 바람 앞에 꺼지는 촛불이 아니라 꺼진 불을 다시 붙이는 '성냥'이다.

'용기'란 깃대가 아니라 '깃발'이다. 바람이 불면 불수록 더 힘차게 나부끼는 '깃발'이다.

잃어버린 시간

未然防미연방
어떤 일이 잘못되기 전에 미리 막음

　　60대 중반의 어떤 사람이 아직 동이 트기 전 캄캄한 새벽에 강가를 걸어가고 있었다. 그때 어둠 속에서 다가오는 사람이 희미하게 보였다. 가까이서 자세히 보니 아흔이 넘어 보이는 백발의 노인이었다. 무거운 가방을 어깨에 메고 힘에 겨워 겨우겨우 걷고 있었다.

　그 노인이 다가와, "여보세요! 이 가방에 들어있는 것들은 내가 평소에 돌멩이를 좋아해서 평생 주워온 것들입니다. 어찌 보면 내 모든 것을 바쳐 모아온 것들입니다. 그런데 이제 죽을 날도 얼마 남지 않은 것 같고 내가 메고 가기엔 너무나 힘이 드는군요. 이제와 생각해 보니 모두가 부질없는 것이란 생각이 듭니다. 그렇다고 버리기는 아깝고, 그래서 당신께 드릴 테니 이걸 가지고 가세요."하고는 그 가방을 건네주고 어둠 속으로 사라졌다.

　노인이 사라진 뒤, 호기심에 그 가방을 열어보니 하나하나 헝겊으로 꽁꽁 싸맨 돌멩이들로 가득 차 있었다. 헝겊을 풀어보니 정말 볼품없는 돌멩이들이었다.

가방도 너무 무겁고 심심하던 차에 그는 걸어가면서 가방 속의 돌멩이를 하나씩 꺼내 강물 속 저 멀리 깊은 곳을 향해 던지기 시작했다. 낭떠러지 밑 멀고 깊은 곳으로 하나씩 던질 때마다 어둠 속에서 첨벙첨벙 들려오는 물소리를 즐기며 걸어가고 있었다.

드디어 마지막 한 개의 돌을 무심코 꺼내어 던지려 그는 깜짝 놀랐다.

손에 들고 있는 돌멩이가 떠오르는 태양 빛에 반짝이는 것이었다. 너무 놀란 그는 돌을 들여다보고서 가슴을 쳤다. 그 돌멩이는 바로 다이아몬드 원석이었다. 조금 전까지만 해도 가방 속에 수십 개가 들어있었는데 그는 그걸 쓸모없는 돌덩이로 알고 그동안 강물 속에다 던져버리고, 이젠 마지막 하나만 그의 손에 들려있었다.

너무 아쉬워 가슴을 치고 머리를 짓찧으며 넋이 나가 서 있는 모습, 이런 모습이 혹 오늘 우리의 모습이 아닐까? 그동안 내게 찾아온 수많은 행복의 순간들, 수많은 감사의 시간, 따뜻한 정과 아름다운 사랑을 나눌 수 있는 귀중한 시간을 흘러가는 세월이라는 강물에 하나하나 던져버리며 살아오지는 않았는지?

지금도 늦지 않았다. 이제부터라도 하나하나 확인하고 챙기며 살자. 건강함에 감사하고, 만나는 주변 사람들을 사랑할 수 있음에 감사하고, 대접받기보다 먼저 섬길 수 있어서 좋은 그런 하루하루를 만들어가자. 그리고 내게 주어진 마지막 다이아몬드 하나라도 고이 간직하고, 감사하는 마음으로 살아가는 행복한 날들을 만들어가자.

일상의 기적

老益壯노익장
나이 들수록 건강해야 한다.

덜컥 탈이 났다. 유쾌하게 저녁 식사 마치고 귀가했는데 갑자기 허리가 뻐근했다. 자고 일어나면 낫겠거니 대수롭지 않게 여겼는데 웬걸, 아침에는 침대에서 일어나기조차 힘들었다.

그러자 하룻밤 사이에 사소한 일들이 굉장한 일로 바뀌어 버렸다.

세면대에서 허리를 굽혀 세수하기, 바닥에 떨어진 물건을 줍거나 양말을 신는 일, 기침을 하는 일, 앉았다가 일어나는 일이 내게는 이제 쉬운 일이 아니었다.

별수 없이 병원에 다녀와서 하루를 빈둥거리며 보냈다.

비로소 몸의 소리가 들려왔다. 실은 그동안 목도 결리고, 손목도 아프고, 어깨도 힘들었노라, 눈도 피곤했노라, 몸 구석마다 불평해 댔다.

언제까지나 내 마음대로 될 줄 알았던 나의 몸이, 이렇게 기습적으로 반란을 일으킬 줄은 예상조차 못 했던 터라 어쩔 줄 몰라 쩔쩔매는 중이다. 이때 중국 속담이 떠올랐다.

"기적은 하늘을 날거나 바다 위를 걷는 것이 아니라, 땅에서 걸어

다니는 것이다."

예전에 싱겁게 웃어넘겼던 그 말이 다시 생각난 건, 반듯하고 짱짱하게 걷는 게 결코 쉬운 일이 아님을 실감하게 되었기 때문이다.

괜한 말이 아니었다. '아프기 전과 후'가 이렇게 명확하게 갈리는 게 몸의 신비가 아니고 무엇이랴!

얼마 전에는 젊은 날에 윗분으로 모셨던 분의 병문안을 다녀왔다.

몇 년에 걸쳐 점점 건강이 나빠져 이제 그분이 자기 힘으로 할 수 있는 것은 눈을 깜빡이는 정도에 불과했다. 예민한 감수성과 날카로운 직관력으로 명성을 날리던 분의 그런 모습을 마주하려니, 한때의 빛나던 재능도 다 소용없구나 싶어 서글픈 마음이 들었다.

돌아오면서 지금 저분이 가장 원하는 것이 무엇일까 생각해 본다.

혼자서 일어나고, 좋아하는 사람들과 웃으며 이야기하고, 함께 식사하고, 산책하는 등 그런 아주 사소한 일이 아닐까. 다만 그런 소소한 일상이 기적이라는 것을 깨달았을 때 대개는 너무 늦은 뒤라는 점이 안타깝다. 우리는 하늘을 날고 물 위를 걷는 기적을 이루고 싶어 안달하며 무리를 한다. 땅 위를 걷는 것쯤은 당연한 일인 줄 알고 말이다.

사나흘 동안 노인네처럼 파스도 붙여 보고 물리치료도 받아보니 알겠다. 타인에게 일어나는 일은 나에게도 일어날 수 있는 일이라는 것을…. 크게 걱정하지 말라는 진단이지만 아침에 벌떡 일어나는 일이 감사한 일임을 이번에 또 배웠다.

건강하면 다 가진 것이다. 오늘도 일상에 감사하며 살자! 지금, 감사를 느끼고 계시는지? 우리가 입으로는 감사를 외치지만 진정으로 느끼는 사람은 적은 것 같다.

눈알 하나 사려면 1억이라고 하니 눈 두 개를 갈아 끼우려면 2억이 들고, 신장 바꾸는 데는 3천만 원, 심장 바꾸는 데는 5억 원, 간이식 하는 데는 7천만 원, 팔다리가 없어 의수와 의족을 끼워 넣으려면 더 많은 돈이 든단다.

지금! 두 눈을 뜨고 두 다리로 건강하게 걸어 다니는 사람은 몸에 51억 원이 넘는 재산을 지니고 다니는 것과 같다.

도로 한가운데를 질주하는 어떤 자동차보다 비싼 훌륭한 두 발 자가용을 가지고 세상을 활보하고 있다는 기쁨을 우리는 잊지 말아야겠다.

그리고 갑작스레 사고로 구급차에 실려 갈 때는 산소 호흡기를 쓰면 한 시간에 36만 원을 내야 한다니 눈, 코, 입 다 가지고 두 다리로 걸어 다니면서 공기를 공짜로 마시고 있다면 하루에 860만 원씩 버는 셈이다.

우리는 51억짜리 몸에 하루에 860만 원씩 공짜로 받을 수 있으니 얼마나 감사한 일인가? 그런데 왜 우리는 늘 불행하다고 생각하는 걸까? 그건 욕심 때문이겠지. 감사하지 못하는 사람에게는 기쁨이 없고, 기쁨이 없으면 결코 행복할 수 없다. 감사하는 사람만이 행복을 누릴 수 있고, 감사하는 사람은 행복이라는 정상에 이미 올라가 있다고 생각한다.

세 잎 클로버는 행복! 네 잎 클로버는 행운? 행복하면 되지 행운까지 바란다면 그 또한 욕심이겠지. 오늘부터, 지금부터 숨 쉴 때마다 감사의 기도를 드려야겠다.

진짜 부자

鼓腹擊壤 고복격양
배를 두드리며 땅을 치며 노래함

어느 날 엄청난 재산을 소유한 부자가 아들에게 가난한 사람들의 생활을 체험시켜 지금 우리가 얼마나 부유한지 깨닫게 하고자 가난한 사람들이 사는 시골로 여행을 보냈다.

여행을 다녀온 아들은 아버지에게 소감을 밝혔다.

"우리 집에는 개가 한 마리 있는데 그 집에는 네 마리가 있었고, 우리 집에는 수영장이 하나 있는데 그 집에는 끝없이 흐르는 계곡이 있었고, 우리 집에는 전등이 몇 개 있는데 그 집에는 무수한 별들이 있었고, 우리 집에는 작은 정원이 있는데 그 집에는 넓은 들판이 있었고, 우리 집은 가정부의 도움을 받는데 그 집에서는 서로서로 도움을 주고받고 있었고, 우리 집에는 돈을 주고 먹을 것을 사는데 그 집에는 돈이 없어도 손수 농사를 지은 먹을거리가 논과 밭에 있었고, 우리 집은 높은 담장만 우리를 보호하고 있는데 그 집은 이웃들이 서로서로 보호해주고 있었어요."

그리고 마지막에 한마디를 덧붙였다.

"아버지! 저는 우리 집이 얼마나 가난한지 비로소 깨달았어요."

감사하는 마음

*私淑*사숙
옛사람의 덕을 자신의 표본으로 삼는 것

한 외국계 기업에서 직원을 채용했다.

공석은 단 한 자리뿐이었는데 1, 2차 면접을 거친 후 다섯 명의 지원자가 남았다.

인사과 담당자는 이들에게 3일 안에 최종 결과를 알려주겠다고 통보했다.

지원자들은 각자 집으로 돌아가 초조한 마음으로 합격 소식을 기다렸다.

다음 날, 한 여성 지원자는 회사로부터 다음과 같은 내용의 이메일을 받았다.

우리 회사에 지원해 주셔서 감사합니다. 그러나 안타깝게도 귀하는 이번에 채용되지 않으셨습니다. 인원 제한으로 인해 귀하처럼 재능 있고, 뛰어난 인재를 모시지 못하게 된 점 매우 애석하게 생각합니다.

앞으로 하시는 모든 일이 잘되길 기원합니다. 감사합니다.

그녀는 마음이 아팠지만, 한편으로는 메일에 담긴 진심 어린 위로에 감동했다. 그래서 짧은 감사를 담아 답장 메일을 써서 보냈다.

그런데 3일째 되던 날 그녀는 뜻밖에도 회사로부터 합격을 알리는 전화를 받았다.

나중에 알고 보니 그녀가 받았던 불합격 통지 메일이 시험의 마지막 관문이었다.

다섯 명의 지원자 모두 그녀와 똑같은 메일을 받았으나 감사 메일을 보낸 사람은 그녀 한 사람뿐이었다.

어떠한 상황에서도 감사할 줄 알고 또 그 감사를 표현할 줄 아는 사람이 결국 가장 두각을 드러내는 것이다.

진심으로 감사하고 항상 감사한 마음으로 세상을 대하자. 그리고 감사한 사람들에게 '고맙다'라는 말을 할 수 있는 사람이 되자.

***

성공하려면 너무 인색하지 마라

일요일에도 근무하기 위해 출근할 수 있는가? 집에까지 일감을 가져갈 수 있는가? 고용주의 개인적인 일까지 도와줄 수 있는가? 고용주나 동료들에게 당신 스스로 거들어주는 것에 대해서 너무 인색하지 마라. 무엇보다도 신용을 얻도록 노력하라. 신입사원 시절에는 이 점이 가장 중요하다. 당신이 신입사원 시절에 보여준 이미지야말로 그 직장에 소속되어 있는 한 지속할 것이다. 그러므로 이것저것 따지지 말고 열심히 일하라.

전분세락轉糞世樂

知足者富지족자부
만족할 줄 알아야 부자다.

"만일 다리 하나가 부러졌다면, 두 다리 모두 부러지지 않은 것을 하늘에 감사하라. 만일 두 다리가 부러졌다면 목이 부러지지 않은 것에 감사하라. 만일 목이 부러졌다면, 더는 걱정할 일이 없어진 것이다."라는 유대인 속담이 있다.

어떤 고난이라도 최악이 아님을 감사할 줄 알고 살아 숨 쉴 수 있어 무엇인가 할 수 있다는 걸 감사해야 한다는 말이다.

사람들은 잃어버린 것과 남은 것 중에서 늘 잃어버린 것만 생각하며 아쉬워하고 안타까워한다. 하지만 내게 무엇인가 남아있고 그걸 바탕으로 다시 시작할 수 있다면 얼마나 고마운 일인가. 비록 모두 다 잃었다 해도 내 몸이 성하다면 그보다 고마운 일은 없을 것이다.

자신의 가난한 처지에 대해 항상 불평을 늘어놓던 청년에게 한 노인이 물었다.

"자네는 이미 대단한 재산을 가졌으면서 왜 아직도 불평만 하고 있나?"

그러자 청년은 노인에게 간절하게 물었다.

"대단한 재산이라니요? 그 재산이 어디에 있다는 말씀이세요?"

"자네의 대단한 재산이 어디에 있는지 알고 싶은가? 좋네, 자네의 양쪽 눈을 나한테 주면 자네가 얻고 싶은 것을 주겠네."

"아니, 제 눈을 달라니요? 그건 안 됩니다!"

"그래? 그럼, 그 두 손을 나한테 주게. 그럼 내가 황금을 주겠네."

"안 됩니다. 두 손은 절대 드릴 수 없어요."

그러자 노인은 웃으면서 이렇게 말했다.

"두 눈이 있어 배울 수 있고, 두 손이 있어 일할 수 있지 않은가? 이제 자네가 얼마나 훌륭한 재산을 가졌는지 알겠구먼."

건강한 몸을 가진 것만도 커다란 축복이다. 돈을 잃으면 조금 잃는 것이고, 명예를 잃으면 많이 잃는 것이고 건강을 잃으면 모두를 잃는 것이라고 했다. 우리가 살아가는 데 재물이나 명예도 중요하지만, 그보다 더 소중한 건 바로 건강이다.

돈이 없으면 살아가는 데 불편하지만 살 수는 있다. 또 명예를 잃으면 당당하진 못해도 살 수는 있다. 물론 살 수 있다고 다 기쁘고 행복한 건 아니겠지만 그래도 살아 숨 쉬며 무엇인가를 할 수 있는 것처럼 기쁘고 행복한 일은 없다.

'전분세락轉糞世樂'이란 말이 있다. 개똥밭에 뒹굴어도 저승보다는 이승이 더 즐겁다는 뜻이다. 살아있으니 인생을 논할 수 있고, 희로애락도 삶을 이어갈 수 있을 때라야 의미가 있는 것이다.

누리며 살아가는 즐거움을 뒷받침해주는 것이 바로 건강이다. 그 어떤 것보다도 소중한 건강을 잃지 않도록 해야겠다.

정말 소중한 사람이라면

肝膽相照 간담상조
마음을 터놓고 숨김없이 사귐

　　정말 소중한 사람이라면 자기 몸 옆에 두려고 하지 말고, 자기 마음 옆에 두려고 하라. 자기 몸 옆에 둔 사람은 떠나면 그만이고 쉽게 떠날 사람이다. 하지만 자기 마음 옆에 둔 사람이라면 떠나는 것이 아니라 멀리 떨어져 있을 뿐이며 평생 떠나지 않는 사람이 될 것이다.

　그러나 자기 마음 옆에 둔 사람이 평생 있을 거라는 당연한 생각은 하지 마라. 뭐든지 꾸준한 노력과 관심 없이는 오래가지 못하는 법이니까.

　그럼 어떻게 해야 자기 마음 옆에 둘 수 있고 상대방 마음 옆에 있을 수 있을까? 그러기 위해선 욕심을 버려야 한다. 내 마음 옆에만 두려고 하는 욕심을. 그리고 먼저 상대방 마음 옆에 평생 있을 수 있는 그런 사람이 되도록 본인 스스로 꾸준한 노력과 관심을 가져야 한다. 그러다 보면 자연스럽게 평생 마음속에서 떠나지 않는 '나'도 아니고 '너'도 아닌 '우리'가 되어있을 것이다.

할머니의 사과

勿忘在莒 물망재거
거성에 있을 때를 잊지 말라.

　　　　프랑스의 소년사관학교 앞 과일가게에는 휴식
시간마다 사과를 사 먹는 학생들로 붐볐다.

　그런 학생들 속에 돈이 없어서 친구들이 사과를 사 먹는 동안
멀찍이 떨어져 혼자서 기다리곤 하는 학생이 있었다.

　"이리 와요."

　가게 주인은 그 학생의 사정을 알고, 아이들이 없을 때 조용히
불러 사과를 챙겨주곤 했다.

　그 뒤 30년이란 세월이 흘렀다.

　가게 주인은 허리가 구부러진 할머니가 되었지만, 여전히 그곳에
서 과일을 팔고 있었다.

　어느 날 프랑스 장교 한 사람이 그 사과 가게를 찾아왔다.

　"할머니 사과 한 개만 주세요."

　장교는 사과를 맛있게 먹으면서 말했다.

　"할머니! 이 사과 맛이 참 좋습니다."

　할머니는 빙그레 웃으며 그 장교에게 앉으라고 의자를 권했다.

"군인 양반! 자랑 같지만, 나폴레옹 황제께서도 소년사관학교 시절 우리 가게에서 가끔 사과를 사서 그렇게 맛있게 드셨지요. 벌써 30년이 지난 이야기지만..."

"할머니, 그분은 가난해서 항상 할머니께서 거저 주신 사과를 얻어먹었다고 하던데요."

이 말을 들은 할머니는 손사래를 치면서 말했다.

"아니요, 아냐. 그건 군인 양반이 잘못 안 거요. 그때 그 학생은 돈을 꼭 내고 사 먹었지. 한 번도 거저먹은 일은 없었어요."

할머니는 나폴레옹 황제가 소년 시절에 겪은 어려웠던 일이 사람들의 입에 오르내리는 것이 싫은 듯 극구 부인했다.

그러자 그 장교가 다시 물었다.

"할머니! 혹시 지금도 그분의 소년 시절 얼굴을 기억하시나요?"

할머니는 눈을 감고 천천히 고개를 끄덕였다.

가난했던 황제가 자신이 준 사과를 맛있게 먹던 추억을 더듬는 듯했다.

장교는 먹던 사과를 의자에 내려놓고 할머니의 손을 두 손으로 살포시 감싸 쥐었다.

"할머니! 제가 바로 그 소년입니다...."

"예? 당신이 나폴레옹 황제시라고요?"

"예. 제가 바로 30년 전 할머니께서 주신 사과를 맛있게 먹었던 그 보나파르트 나폴레옹입니다. 그때의 사과 맛을 늘 기억하고 있었습니다. 그때 그 사과를 먹으면서 저는 세상의 따스함을 느꼈고, 언젠가는 할머니께 은혜를 갚겠다고 몇 번이고 다짐했었습니다."

그렇게 말하는 나폴레옹의 눈에서 눈물이 흘렀고, 황제의 손을 잡고 어찌할 줄 모르는 할머니의 눈에서도 눈물이 흘러내렸다.

나폴레옹 황제는 금화가 가득 든 상자를 할머니의 손에 쥐여주면서 말했다.

"이제야 그 사과값을 드립니다. 제 얼굴이 새겨진 금화입니다. 제게 세상의 따스함을 느끼게 해주셔서 정말 고맙습니다, 할머니."

***

삶을 지배하는 힘

당신이 인생을 변화시킬 놀라운 능력이 있음을 모르는 것은 마치 집 뒤뜰에 다이아몬드가 묻혀 있다는 것을 모르는 것과 같다.

평범한 인생을 보내는 사람이 대부분이나, 비참한 삶을 보내는 사람도 적지 않다. 그것은 자신이 지닌 능력을 깨닫지 못하고 활용하지 않기 때문이다. 당신은 당신의 인생과 투쟁하려고 해서는 안 된다. 당신의 삶을 다스리도록 노력하라. 이 진리를 하루라도 빨리 깨달아야 인생의 길을 달려갈 수 있다.

우리가 인생을 최대한 활용하려면 먼저 삶을 이해해야 한다. 이 놀라운 힘은 어떤 특별한 훈련이나 교육, 부와 명성, 소질이 필요하지는 않다. 그 놀라운 힘은 신분과 지위를 막론하고 태어날 때부터 지니고 있다. 그러므로 당신은 이 놀라운 힘을 인정하고 받아들여 아낌없이 활용해야 한다. 그리고 하루빨리 성공의 무대에 올라서야 한다.

고故 이태석 신부가 뿌린 사랑

靑出於藍청출어람
쪽에서 나온 색이 쪽보다 더 푸르다.

'남수단의 슈바이처'라 불린 고故 이태석 신부에 대한 다큐멘터리 영화 <울지 마 톤즈>에 이어 <부활>이란 영화가 개봉되었다. 이 영화는 이태석 신부가 48세에 대장암으로 세상을 떠난 지 10년 뒤, 어린 제자들이 성장하며 일어난 기적을 조명한 감동적인 영화다.

이태석 신부의 형인 이태영 신부가 2019년 59세의 나이로 선종하기 전에 남긴 두 가지 유언이, 이태석 재단을 계속 이끌어가 달라는 것과 이태석 신부 선종 10주기에 동생의 삶을 정리해주면 좋겠다는 것이었다고 한다.

이태석 신부의 삶을 어떻게 정리할까 고민하다 남수단에 학교를 짓고 가르쳤던 제자들이 생각나 찾아갔더니, 의사이거나 의대생이 된 제자가 무려 57명에 달했다. 이 아이들은 먹고살기 위해 의사가 된 것이 아니라 신부님처럼 살고 싶어서라고 이야기했다. 제자들은 가는 곳마다 먼저 '어디가 아프세요?' 묻는 것이 아니라 환자 손부터 잡고 개인적인 이야기를 나눈 뒤 진료를 하기에 그 이유를 물었더니, '이태석 신부님이 해오던 진료방법'이라고 답했다. '아이들이 신부님의 삶을 그대로 살고 있구나.' 하는 생각에 너무 기뻐서 영화를 본격적으로 만들기 시작했다고 한다.

어느 날 제자들이 한센인 마을에 가서 종일 굶으며 봉사 진료를 했는데, 60명가량 사는 마을인데 멀리서도 찾아와 300명이 넘게 모였다. 어느 환자는 12년 만에 진료를 받았다고 하고, 환자에게 '의사가 당신 손을 잡았을 때 기분이 어땠냐?' 물으니 '이태석 신부님이 저희 곁에 돌아온 것 같다.'라고 답했다.

제자들은 '신부님이 우리 옆에 계신 거 같았습니다. 신부님 일을 우리가 대신해서 너무 기쁩니다.'라고 말했다. 이태석 신부의 사랑이 '제자들을 통해서 계속 이어가는구나, 이것이야말로 부활의 의미였구나' 하는 생각이 들어, 그 자리에서 제목을 <부활>로 바꿨다고.

이태석 신부에게 빠져든 것은 봉사 때문이 아니라, '고통받는 사람들에게 다가간 방식' 때문이었고, 그것과 그가 살았던 삶은 누구든 현실에서 실천할 수 있는 삶이라는 것을 이야기하고 싶었단다.

아이들은 이태석 신부의 삶을 따랐고, 그가 세상을 떠난 지 10년 뒤 이태석 신부와 같은 삶을 사는 감격스러운 모습을 보게 되었다.

이 영화는 사랑을 통해서 부당한 권력과 이기주의를 고발한다. 이 영화를 보고 이기적인 삶을 반성하고 변화하는 모습을 보았다. 이 영화를 통해 성직자의 성폭력 문제, 권력 분쟁, 세습 이슈가 나올 때마다 '이태석 신부처럼 살아야 하지 않겠느냐'라는 글들이 나왔고, 이태석 신부가 성직자에 대한 하나의 기준이 되었다.

종교의 역할은 절망하는 사람들에게 희망을 줘야 하는데, 이태석 신부는 그 삶 그대로 살았다.

황금은 뜨거운 난로 속에서 시험 되며 우정은 역경에 의해서 시험 된다.

-메난드로스

인생 칼럼 모음

삶의 쉼터

친구

사랑하는 친구에게

管鮑之交관포지교
관중과 포숙아의 두터운 우정

세상에서 가장 행복할 때는 친구를 사랑하는 마음이 남아있을 때이고, 세상에서 가장 울고 싶을 때는 친구가 내 곁을 떠나갈 때다. 세상에서 가장 미워하고 싶을 때는 친구가 점점 변해갈 때이고, 세상에서 가장 두려울 때는 친구가 갑자기 차가워질 때다. 세상에서 가장 비참할 때는 친구가 나의 존재를 잊으려 할 때이고, 세상에서 가장 웃고 싶을 때는 친구가 즐거워하는 모습을 볼 때다. 세상에서 가장 고마울 때는 친구가 나의 마음을 알아줄 때이고, 세상에서 가장 편안할 때는 친구가 내 곁에 머물러있을 때다. 세상에서 가장 다정스러울 때는 친구가 내 이름을 불러주었을 때다. 세상에서 가장 믿고 싶은 것은 친구가 날 사랑하는 마음이다. 세상에서 가장 친근하게 느낄 때는 친구 손을 꼭 잡고 마주 앉아있을 때이고, 세상에서 가장 외롭다고 느껴질 때는 친구가 내 곁에 없다고 생각될 때다. 세상에서 가장 바라는 것은 친구의 마음속에 내가 영원히 간직되는 것이며, 마지막으로 세상에서 가장 사랑하는 것은 바로 내가 사랑하는 나의 친구, 이 글을 읽는 바로 '당신'이다.

오늘, 나는 누구에게 전화할까?

金蘭之交금란지교
견고한 금과 난초 같은 우정

저희 아버지께 친한 친구 한 분이 계셨다. 항상 형제처럼 지내시던 친구였다. 그런 그분이 여든일곱 살로 숨을 거두기 한 시간 전 아버지께 전화하셨다.

"친구야! 나 먼저 간다!"

당시 거동이 불편했던 아버지는 그 전화를 받고 그냥 눈물만 뚝뚝 흘리셨다. '나, 먼저 간다!'라는 그 말 속에는 '그동안 고마웠다'라는 말도, '저세상에서 다시 만나자'라는 말도 들어있었겠지. 그 전화를 받은 아버지는 일어날 수가 없으니 그냥 눈물만 흘리시고, 한 시간 후 친구분의 자제로부터 부친이 운명하셨다는 연락이 왔다.

내가 갈 때가 되었다는 생각이 드는 순간 나 먼저 간다고 작별인사를 하고 갈 수 있는 사람, 그런 친구 하나 있다면 그래도 괜찮은 삶이리라.

나는 누구에게 전화해서 "친구야, 나 먼저 간다!"라고 할까? "내가 먼저 가 자리 잡아 놓을 테니, 너는 천천히 오라."고 누구에게 전화할까?

오래 신은 구두는 발이 편하다

偕老同穴해로동혈
함께 살다가 같이 묻힌다.

새 구두는 번쩍거리긴 하지만 왠지 불편하다. 사람도 오래 사귄 친구가 편하고 좋다. 나무도 오래 말려야 뒤틀림이 없고 포도주도 오래 숙성해야 진한 향기를 낸다.

오래된 것을 버리거나 잃으면 세월이 빚어낸 향기를 버리는 것이며, 지난 세월의 자기 인생을 버리는 것이라고 할 수 있다. 오랜 친구와 오래된 물건을 소중히 간직해야겠다.

모든 사람이 행복해지는 그런 곳은 없다. 같은 곳에 있어도 행복한 사람이 있고 불행한 사람이 있다. 같은 일을 해도 즐거운 사람이 있고 불행한 사람이 있다. 같이 음식을 먹지만 기분이 좋은 사람과 기분 나쁜 사람이 있다.

좋은 물건 좋은 음식 좋은 장소보다 더 중요한 것은 그것들을 대하는 태도다. 무엇이든 즐기는 사람에겐 행복이 되지만 거부하는 사람에겐 불행이 되는 것이다. 정말 행복한 사람은 모든 것을 다 가진 사람이 아니라 지금 하는 일을 즐겨 하는 사람, 자신이 가진 것에 만족하는 사람이다.

아름다운 우정

刎頸之交문경지교
목 벨 정도에서 생사를 함께 할 친구

기원전 4세기경 그리스의 피시아스라는 젊은이가 교수형을 당하게 되었다. 효자였던 그는 집에 돌아가 연로하신 부모님께 마지막 인사를 하게 해달라고 간청했다.

그러나 왕은 허락하지 않았다. 좋지 않은 선례를 남길 수는 없었기 때문이다. 만약 피시아스에게 작별인사를 허락할 경우 다른 사형수들에게도 공평하게 기회를 줘야 한다. 그리고 만일 다른 사형수가 부모님과 작별인사를 하겠다며 집에 다녀오겠다고 하고는 멀리 도망간다면 국법과 질서가 흔들릴 수도 있다.

왕이 고심할 때 피시아스의 친구 다몬이 보증서겠다면서 나섰다.

"폐하, 제가 그의 귀환을 보증합니다. 그를 보내주십시오."

"다몬, 만일 피시아스가 돌아오지 않는다면 어찌하겠느냐?"

"어쩔 수 없죠. 그렇다면 친구를 잘못 사귄 죄로 제가 대신 교수형을 받겠습니다."

"너는 피시아스를 믿느냐?"

"폐하, 그는 제 친구입니다."

왕은 어이가 없다는 듯이 웃었다.

"피시아스는 돌아오면 죽을 운명이다. 그것을 알면서도 돌아올 것 같은가? 만약 돌아오고 싶어도 그의 부모가 보내주지 않을 테지. 너는 지금 만용을 부리고 있다."

"저는 피시아스의 친구가 되길 간절히 원했습니다. 제 목숨을 걸고 부탁드리오니 부디 허락해주십시오, 폐하."

왕은 어쩔 수 없이 허락했다.

다몬은 기쁜 마음으로 피시아스를 대신해 감옥에 갇혔다.

교수형을 집행하는 날이 밝았다. 그러나 피시아스는 돌아오지 않았고, 사람들은 바보 같은 다몬이 죽게 되었다며 비웃었다.

정오가 가까워졌다. 다몬이 교수대로 끌려 나왔다. 그의 목에 밧줄이 걸리자 다몬의 친척들이 울부짖기 시작했다.

그들은 우정을 저버린 피시아스를 욕하며 저주를 퍼부었다. 그러자 목에 밧줄을 건 다몬이 눈을 부릅뜨고 화를 냈다.

"나의 친구 피시아스를 욕하지 마라. 당신들이 내 친구를 어찌 알겠는가!"

다몬이 의연하게 말하자 모두 꿀 먹은 벙어리가 되었다.

집행관이 고개를 돌려 왕을 바라보았다. 왕은 주먹을 쥐었다가 엄지손가락을 아래로 내렸다. 집행하라는 명령이었다.

그때 멀리서 누군가가 말을 재촉하여 달려오며 고함을 쳤다. 피시아스였다. 그는 숨을 헐떡이며 다가와 말했다.

"제가 돌아왔습니다. 다몬을 풀어주십시오. 사형수는 접니다."

두 사람은 서로를 끌어안고 작별을 고했다.

피시아스가 말했다.

"다몬, 나의 소중한 친구여, 저세상에 가서도 잊지 않겠네."

"피시아스, 자네가 먼저 가는 것뿐일세. 다음 세상에서 다시 만나도 우리는 틀림없이 친구가 될 거야."

두 사람의 우정을 비웃었던 사람들 사이에서 탄식이 흘러나왔다. 다몬과 피시아스는 영원한 작별을 눈앞에 두고도 눈물 한 방울 흘리지 않고 담담하게 서로를 위로할 뿐이었다.

이들을 지켜보던 왕이 자리에서 일어나 크게 외쳤다.

"피시아스의 죄를 사면해 주노라!"

왕은 그 같은 명령을 내린 뒤 나직하게 혼잣말을 했다.

바로 곁에 서 있던 시종만이 그 말을 들을 수 있었다.

"내 모든 것을 다 주더라도 이런 친구를 한번 사귀어보고 싶구나."

***

성공한 사람은 시간을 경영한다

영국의 사상가 아놀드 베네트는 아침 시간 경영을 가능하게 하려면 모든 것을 하루아침에 이루려고 하지 말라고 조언한다.

아침을 경영하는 방법에 특별한 것은 없다. 건강한 육체와 정신을 만드는 토대를 아침에 다지고, 단 몇 분이라도 자신만의 시간을 만들어 필요한 지식 소양과 전문성을 키우면서 사생활의 절도와 건강을 살려 나가는 것이다. 이러한 자세는 하루를 경영하는 데 큰 자신감이 되고, 이런 아침이 모이면 인생이 달라진다는 것이다.

도밍고와 카레라스

知音지음
마음이 통하는 친구

스페인의 수도 마드리드와 항구도시인 바르셀로나의 주민들은 불구대천不俱戴天의 원수처럼 지낸다.

바르셀로나는 1492년 스페인 통일 후, 마드리드 정권으로부터 엄청난 압박과 차별을 받으며 살아왔기에 언어도 자기들만의 언어를 고수하고, 지금까지도 분리 독립을 꾸준히 주장해오고 있다.

그런데 동시대에 세계 최고의 반열에 오른 테너 가수 두 명이 바르셀로나와 마드리드에서 한 명씩 나왔다. 마드리드 출신의 플라시도 도밍고와 바르셀로나의 호세 카레라스다. 이 두 사람은 호적수인 데다가 배타적인 지역 정서가 있으니 사이가 좋을 리 없었다.

결국, 두 사람은 상대방이 나오는 무대에는 절대 서지 않겠다고 선언하기에 이르렀다.

1987년 카레라스의 인기가 절정에 달했을 무렵, 그는 불행히도 백혈병에 걸리고 말았다. 생존율은 10%밖에 되지 않았다. 백혈병과의 투쟁은 심신을 고갈시켰고, 더 이상의 활동은 불가능했다.

그동안 상당한 재산을 모아 놓았지만, 한 달에 한 번씩 스페인에서 미국의 시애틀까지 왔다 갔다 하면서 골수이식 등의 치료를 받았으나 쉽게 회복하지 못했고, 결국 그의 형편은 극도로 열악해졌다.

그즈음 그는 마드리드에 '헤르모사 재단'이라는 자선단체가 있다는 소식을 들었다. '헤르모사 재단'은 백혈병 환자를 돕는 단체였다. 그는 신청서를 보냈고, '헤르모사 재단'의 도움을 받아 마침내 건강을 되찾았다.

그는 질병과 싸워서 승리한 뒤, 테너 가수로서 활동을 재개했고, 세계적인 테너 가수에 걸맞게 많은 돈을 벌어들였다. 그는 '헤르모사 재단'에 기부금을 보내 감사의 마음을 전하기로 했다.

재단의 정관을 읽어보던 그는 재단의 설립자이자 이사장이 다름 아닌 플라시도 도밍고라는 것을 발견하고 놀랐다. 플라시도 도밍도가 병든 카레라스를 돕기 위해 그 재단을 설립했다는 사실까지 알게 되었다.

플라시도 도밍고는 카레라스가 경쟁자의 도움을 받는 수치심을 느끼지 않도록 하려고 줄곧 익명으로 재단을 운영했다.

크게 감동한 카레라스는 어느 날, 마드리드에서 열린 플라시도 도밍고의 공연장을 찾아가 공연 도중 무대로 올라가서 도밍고의 발 앞에 겸손히 무릎을 꿇고, 공개적으로 감사의 말을 건넨 뒤 용서를 구했다. 도밍고는 그를 일으켜 세우며 힘껏 끌어안았다. 위대한 우정이 싹트는 순간이었다.

플라시도 도밍고와 같은 세계적인 음악가가 경쟁자를 이처럼 따뜻하게 배려하고 자신의 재산까지도 내놓는 것은 쉬운 일이 아니다. 무릎 꿇은 카레라스보다 도밍고가 더 커 보이는 이유다.

친구가 몇이나 되오?

蓋棺事定개관사정
죽은 후에야 정당한 평가를 받는다.

정 진사는 무골호인無骨好人이다. 한평생 살아오며 남의 가슴에 못 한 번 박은 적 없고, 적선 쌓은 걸 펼쳐놓으면 아마 만경창파 같은 들판을 덮고도 남으리라.

그러다 보니 선대로부터 물려받은 그 많던 재산을 야금야금 팔아치워 겨우 제 식구들 굶기지 않을 정도의 중농 집안이 되었다.

정 진사는 덕德만 쌓은 것이 아니라 재才도 빼어났다. 학문이 깊고, 붓을 잡고 휘갈기는 휘호는 천하명필이다. 고을 사또도 조정으로 보내는 서찰을 쓸 때는 이방을 보낼 정도였다.

정 진사네 사랑방엔 선비와 문사들의 발길이 끊이지 않았다. 부인과 혼기 찬 딸 둘은 허구한 날 밥상과 술상을 차려 사랑방에 들락날락하는 게 일과다.

어느 날, 오랜만에 허법스님이 찾아왔다. 잊을만하면 정 진사를 찾아와, 고담준론高談峻論2)을 나누고, 바람처럼 사라지는 허법스님을 정 진사는 스승처럼 대한다.

---

2) 뜻이 높고 바르며 엄숙하고 날카로운 말

그날도 사랑방엔 문사들이 가득 차, 스님이 처마 끝 댓돌에 앉아 기다리자 손님들이 눈치채고 우르르 몰려나갔다.

허법스님과 정 진사가 곡차 상을 가운데 두고 마주 앉았다.

"정 진사는 친구가 도대체 몇이나 되오?"

스님이 묻자 정 진사는 천장을 보고 한참 생각하더니, 자랑스럽게 말했다.

"얼추 일흔은 넘을 것 같습니다."

스님은 혀를 끌끌 찼다.

"진사는 참으로 불쌍한 사람이오."

정 진사가 눈을 크게 뜨고 문을 활짝 열더니 말했다.

"스님, 한눈 가득 펼쳐진 저 들판을 모두 남의 손에 넘기고 친구 일흔을 샀습니다."

스님은 껄껄 웃으면서,

"친구란 하나 아니면 둘, 많아야 셋, 그 이상이면 친구가 아닐세."

두 사람은 밤새도록 곡차를 마시다가, 삼경[3]이 지나 고꾸라졌다.

정 진사가 눈을 떴을 때 스님은 이미 가고 없었다.

다음날부터 정 진사네 대문이 굳게 닫혔다. 집안에서는 심한 기침 소리가 들리고 의원만 들락거려 글 친구들이 대문 앞에서 발길을 돌렸다.

열흘이 가고 보름이 가도 정 진사네 대문은 열릴 줄 몰랐다. 그러더니 때아닌 늦가을 비가 추적추적 내리던 날 밤, 곡哭소리가 터졌다. 정 진사가 지독한 고뿔(감기)을 이기지 못하고 이승을 하직한

---

3) 밤 11시부터 새벽 1시 사이

것이다.

 빈소는 초라하기 짝이 없었다. 부인과 딸 둘이 상복을 입고 머리를 풀어 늘어뜨린 채 침통하게 빈소를 지켰다.

 진사 생전에 문지방이 닳도록 드나들던 글 친구들은 낯짝도 안 보였다. 그런데 한 친구가 문상을 와서 서럽게, 서럽게 곡을 하더니, 진사 부인을 살짝 불러냈다.

 "부인, 상중에 이런 말을 꺼내 송구하지만, 워낙 급한 일이라...."

 그 친구는 품속에서 봉투 하나를 꺼내어 미망인에게 건넸다. 봉투를 열어보니 차용증이다. 정 진사가 돈 백 냥을 빌리고 입동 전에 갚겠다는 내용으로, 진사의 낙관까지 찍혀 있었다.

 또 한 문상객은 왕희지 족자값 삼백 냥을 못 받았다며, 지불 각서를 디밀었다.

 구일장을 치르는데, 여드레째가 되니 이런 채권자들이 빈소를 가득 채웠다.

 "내 돈을 떼먹고선 출상出喪도 못해!"

 "이 사람이 빚도 안 갚고 저승으로 줄행랑치면 어떡해."

 빈소에 죽치고 앉아 다그치는 글 친구들 면면은 모두 낯익었다.

 그때 허법스님이 목탁을 두드리며 빈소에 들어섰다.

 미망인이 한 뭉치 쥐고 있던 빚 문서를 낚아챈 스님은 병풍을 향해 고함쳤다.

 "정 진사! 일어나서 문전옥답을 던지고 산 잘난 당신 글 친구들에게 빚이나 갚으시오."

 병풍 뒤에서 '삐거덕' 관 뚜껑 열리는 소리가 나더니, 정 진사가 걸어 나왔다.

빚쟁이 친구들은 혼비백산해 신발도 신지 않은 채 도망쳤다.

정 진사의 만류에도 불구하고 허법스님은 빚 문서 뭉치를 들고 사또에게 찾아갔다.

이튿날부터 사또의 호출장을 받은 진사의 글 친구 빚쟁이들이 하나씩 벌벌 떨면서 동헌 뜰에 섰다.

"민 초시는 정 진사에게 삼백 냥을 빌려주었다지?"

사또의 물음에 꿇어앉아 머리를 땅바닥에 조아린 민 초시는 울다시피 읍소했다.

"나으리, 목숨만 살려주십시오."

"곤장 삼백 대를 맞을 텐가, 삼백 냥을 부의금으로 정 진사 빈소에 낼 텐가?"

이렇게 하여 정 진사는 글 친구들을 사느라 다 날린 재산을 그 친구(?)들을 다 버리고 다시 찾았다.

'친구란 온 세상 사람이 다 내 곁을 떠났을 때 나를 찾아오는 그 사람'이다.

두 친구 이야기

竹馬之友죽마지우
대나무 말을 타고 놀았던 옛 친구

드라마 같은 이야기입니다. 꼭 읽어보고 생각해 보세요.

두 친구 A와 B가 있었다.

A : 넌 나를 위해 목숨을 내놓을 수 있어?

B : 그럼!

A : 그럼 네 여자 친구도 내게 줄 수 있어?

B : 너에게 필요한 사람이라면.

A : 알겠어. 고마워.

그래서 A는 B의 여자 친구랑 결혼했어요.

그러던 어느 날 친구 B는 그만 사업이 망했어요. 그래서 친구 A에게 도움을 청하러 갔어요.

하지만 친구 A는 비서를 통해 친구 B에게 없다고 전달했어요. B는 몹시 실망하고 A를 안 만나기로 했어요.

그러던 어느 날 B는 돈을 빌리러 거리를 돌아다니다 길가에 쓰러진 어떤 할아버지를 발견했어요. B는 그 할아버지를 병원으로 모셔 다드리고 치료를 받게 했어요. 할아버지는 너무 고맙다며 자기 재산의 절반을 B에게 주었어요. B는 그 돈으로 사업을 시작해서 또다시 잘 나가게 되었지요.

그러던 어느 날 어떤 거지 할머니가 문을 두드리며 먹을 것을 구걸하였어요. B는 보기 딱해서 할머니께 가사를 도와달라고 부탁했어요. 가정부이지만 둘은 모자처럼 잘 지냈어요.

상당한 시간이 흐른 후 가정부 할머니가 좋은 아가씨가 있다며 소개해주겠다고 하였어요. B는 차마 거절하기가 미안해서 아가씨를 만났어요. 서로 한눈에 반했고 곧 결혼 약속을 했지요.

결혼식에는 A만 빼고 주변 사람들을 다 불렀어요. 하지만 결국엔 옛정이 맘에 걸려 A도 초대했어요.

결혼식 피로연에서 B는 마이크를 잡더니,

"저에게 아주 친한 친구가 있었습니다. 전 그 친구를 위해 제 여자 친구까지도 포기했습니다. 하지만 그 친구는 제가 사업에 실패했을 때 저를 나 몰라라 했습니다. 정말 괴롭고 배신당한 기분이었습니다. 그러나 저는 그 친구의 옛정을 못 잊어 오늘 저의 결혼식에 이렇게 초대했습니다."

저기 뒷좌석의 친구라고 말했어요.

그러자 가만히 앉아있던 A가 마이크를 잡았지요.

"저에게도 아주 친한 친구가 있었습니다. 그 친구는 자신이 사랑하는 그 여인이 창녀 출신인 것을 몰랐습니다. 그래서 전 그 친구의 명예에 흠집이 갈까 봐 그 친구의 여자 친구와 결혼했습니다. 그러나 잘 나가던 그 친구가 사업에 실패하여 취직자리라도 부탁하려 했는지 절 찾아왔습니다. 전 소중한 제 친구의 자존심에 결코 상처를 줄 수가 없었고 또 저의 부하로 둘 수는 더더욱 없었습니다. 부모님들은 시골에 떨어져 살았기에 친구는 우리 부모님의 얼굴을 잘 몰랐습니다. 그래서 저의 아버님께 길가에 쓰러진 척 연기를 해달라고 부탁할 수 있었습니다. 전 그 친구가 구해줄 것이라 믿었습니다. 그리고 내 재산의 절반을 친구에게 주었습니다. 전 또 제 어머님을 거지로 변장시켜 그 친구네 가사도우미를 하시게 하였습니다. 그리고 제 친여동생을 그와 결혼하게 했습니다. 오늘 이 자리에 있는 신부는 바로 제 친여동생입니다."

그 순간 우렁찬 박수 소리가 결혼식장에 울려 퍼졌어요. 두 친구는 뜨겁게, 뜨겁게 눈물을 흘리며 안았어요.

***

성공을 위한 조언

1. 당신의 마음속 깊은 곳에 자리한 잠재의식을 자극하면 놀랄만한 결과를 얻을 수 있다.
2. 당신은 육감을 가지고 있지만, 당신의 잠재의식으로 통하는 생각들을 통제하기 위해서는 다섯 가지 감각이 필요하다.
3. 확실한 목표를 크게 세워라. 그리고 시간을 정하라. 당신의 잠재의식 속에 어떤 계획이 떠오르면 즉시 행동으로 옮겨라.
4. 영감은 무척 소중하므로 즉시 사용해야 한다.

소중한 인연

乞骸骨걸해골
해골을 청한다.

　　삶의 한순간에서 우연이란 아름다운 이름으로
만나 그리움이 사무치는 당신이 될 줄은 꿈에도 몰랐소.

　늘 함께할 수는 없지만, 마음으로 지켜주고 생각하며 먼 곳에서도
서로 행복을 위해 기도하는 배려 있는 우정으로 그림자와 같은 친구
가 되고 싶소.

　이 세상 생존경쟁 속에 포근한 위로와 위안으로 고단한 삶의 여정
을 함께할 아늑하고 편안한 배려 있는 친구가 되고 싶소.

　때로는 사랑스러운 연인처럼 때로는 다정한 오누이처럼 서로에게
마음의 양식을 주고받을 수 있는 아름다운 영원한 우정을 나누고
싶소.

　사는 동안 수없이 많은 사람과 인연을 맺고 살아왔지만, 당신하고
의 만남은 내겐 무엇과도 바꿀 수 없는 소중한 인연이기에 서로
손잡아주고 이끌어주며 소통하며 영원히 아름다운 삶의 인연으로
함께하고 싶소.

가치의 우선순위

*居移氣*거이기
사람은 지위와 상황에 따라 달라진다.

평소 두터운 우정을 자랑하던 두 친구가 함께 여행을 나서 외진 산길을 걷고 있었다.

반나절을 쉬지 않고 걸은 탓에 고단해진 두 친구는 잠시 쉬었다 가기로 했다.

그때 수풀 사이로 반짝거리는 것이 보였고, 이를 발견한 친구가 다가가 수풀 사이를 살펴보니 금덩이가 하나 떨어져 있었다.

그가 금덩어리를 주워 다른 친구에게 보여주자, 그 친구는 기뻐하며 큰 소리로 말했다.

"이건 금이 아닌가! 우리 횡재했구려!"

그러자 금덩어리를 주운 친구는 순식간에 표정이 굳어지며 다른 친구에게 말했다.

"이보게, 우리라고 하지 말게.... 주운 사람은 나니까."

그리곤 두 친구는 어색하게 다시 길을 나섰다.

그러나 잠시 후, 요란한 소리에 뒤를 보니, 금덩어리를 잃어버린 산적들이 금을 찾기 위해서 두 사람을 쫓아오고 있었다.

금덩어리를 가진 친구는 이를 보곤 다급하게 다른 친구에게 외쳤다.

"이걸 어쩌나! 저 산적들에게 잡혀서 금덩어리를 가진 것이 발각되면 우리는 정말 죽게 생겼네."

그러자 친구는 무뚝뚝하게 말했다.

"우리라고 하지 마시게. 금덩이를 주운 사람은 자네 아닌가."

소유의 속성 중에는 물질에 대한 한없는 욕심과 이기적인 탐욕이 있다. 그러나 물질은 없다가도 생기고, 있다가도 없어지는 유동적인 것이다. 잠시 찾아온 물질에 삶의 가치를 두기보단 늘 곁을 지켜주는 믿음, 사랑, 우정 등 눈에 보이지 않는 것의 값짐을 깨닫는다면 더욱 행복한 삶이 될 것이다.

***

성공으로 이끄는 원동력은 마음속에 잠재해 있는 힘이다

당신이 지금은 힘이 없고 초라할지라도 불같은 욕망을 간직하고 있는 한 기회는 반드시 찾아올 것이다.

대개는 성공이 자신의 손아귀에 쥐어지기 바로 직전에 포기해버린다. 이는 목적이 크든 작든 성공에 대한 시금석이다. 자기 일의 중요성에 대해서 생각하는 습관을 길러라. 그러면 불가능하게 보이는 일도 성취할 수 있다.

목적이 먼 곳에 있으면 있을수록, 노력의 결과를 보고 싶다는 생각이
적으면 적을수록 성공의 정도는 높고 넓어진다.
-존 러스킨

인생 칼럼 모음

삶의 쉼터

관계

향 싼 종이에선 향내 나고

古色古香고색고향
오래된 색과 향기

어느 날 교수님이 제자와 함께 길을 걷다가 길에 떨어져 있는 종이를 보았다.

교수님은 제자를 시켜 그 종이를 주워오도록 한 다음,

"그것은 어떤 종이냐?"

고 물었다.

이에 제자가 대답했다.

"이것은 향을 쌌던 종이입니다. 남아있는 향기를 보아 알 수 있습니다."

라고 말했다.

제자의 말을 들은 교수님은 다시 길을 걷기 시작했다.

얼마를 걸어가자 이번엔 길가에 새끼줄이 떨어져 있었다. 이번에도 교수님은 제자를 시켜 새끼줄을 주워오도록 했다. 그리고는 전과 같이,

"그것은 어떤 새끼줄이냐?"

고 물으셨다.

제자가 다시 대답했다.

"이것은 생선을 묶었던 줄입니다. 비린내가 아직 남아있는 것으로 보아 알 수 있습니다."

라고 말했다.

그러자 교수님이 제자에게 말했다.

"사람도 이처럼 원래는 깨끗하였지만 살면서 만나는 인연에 따라 죄와 복을 부르는 것이다. 어진 이를 가까이하면 곧 도덕과 의리가 높아가지만, 어리석은 이를 친구로 하면 곧 재앙과 죄가 찾아들게 마련이다. 종이는 향을 가까이해서 향기가 나는 것이고, 새끼줄은 생선을 만나 비린내가 나는 것이다. 사람도 이처럼 자기가 만나는 사람에 의해 물들어가는 것이다."

***

꼴찌의 자기 신념

언제 배움의 즐거움을 발견하는가는 사람에 따라 다르지만, 영국 수상을 역임하고 노벨상을 받은 윈스턴 처칠의 경우는 상당히 나이를 먹은 후였다.

그의 말에 의하면 만 22세가 되어서야 처음으로 향학심이 생겼다고 한다. 처칠이 낙제생이었던 것을 아는 대부분은 이렇게 생각한다.

'낙제생이라도 일국의 수상이 되기도 하고 노벨상을 받기도 한다. 역시 학교의 성적은 꼭 필요한 것이 못 된다.'

내가 먼저 좋아하면 된다

股肱之臣고굉지신
넓적다리와 팔뚝과 같은 신하

          차를 몰고 가다 보면 일방통행으로 된 도로를 만나게 된다. 한쪽으로만 진행할 수 있고 반대쪽에서는 진행할 수 없는 길이다.

  그런데 길거리에는 일방통행 길이 있지만, 사람의 감정에는 일방통행이 있을 수 없다. 우리의 모든 감정은 '쌍방 교류의 법칙'을 가지고 있기 때문이다.

  심리 전문가들은 이렇게 단언한다.

  "내가 좋아하면 상대방도 나를 좋아하고, 내가 미워하면 상대방도 나를 미워한다."

  서양 속담에도 이런 말이 있다. 'Like Calls Like.' '좋은 것이 좋은 것을 부른다.'는 뜻이다.

  우리 속담에도 '콩 심은 데 콩 나고 팥 심은 데 팥 난다.'라고 했다. 우리 어머님이 자주 하시던 말씀 중에 '예쁨도 저에게서 나고 미움도 저에게서 난다.'라는 말도 있다.

  우리가 상대방을 좋아하는 마음은 어떤 식으로든 전달되게 마련이다. 내가 좋아하면 상대방도 자연히 나를 좋아하게 된다. 결국, 타인과 잘 지내는 최고의 방법은 내가 먼저 그를 좋아하는 것이다.

그럼 어떻게 하면 내가 상대방을 먼저 좋아할 수 있을까?

그 비결 역시 단 하나다. 바로 그 사람의 장점을 많이 생각하는 것이다. 그 이상의 비결이 있을까?

빨간색 셀로판종이를 눈앞에 대어 보라. 다른 색깔은 변형되어 보이고 빨간색이 온통 세상을 지배한다.

즉, 우리가 그 사람의 장점을 보고자 노력하면 아무리 부족한 사람이라도 장점이 보이기 마련이다. 물론 단점을 보기 시작하면 단점만 보이는 것도 사실이다. 그 사람의 장점을 보면서 그 사람을 좋아하고 그 사람도 나를 좋아하게 만들 수 있는 반면에, 그 사람의 단점을 보면서 그 사람을 외면하고 관계를 끊는 것도 오롯이 나의 선택이다.

최고의 자산은 바로 사람이다. 부자라는 말은 어원적으로 '돈'이 많은 사람이 아닌 '사람'이 많은 사람이라는 말이다. 일체유심조一切唯心造라 했으니 모든 것은 마음먹기에 달렸다. 단점보다는 장점을 부각해 그 사람을 좋아하는 삶을 살아갈 수 있으면 진정한 의미의 부자가 될 수 있다.

세월 따라 인연도 달라져

求仁得仁 구인득인
인을 구하여 인을 얻다.

인연이 끊어지고 달라지는 소리가 사방에 요란하다. 부모님 돌아가시니 일가친척 멀어지고, 직장 그만두니 동료들 연락 두절 되고, 술을 줄이니 하루를 멀다 하고 전화질하던 초등학교 동창들이 전화조차 드문드문하다.

몸이 게을러지니 나가길 싫어하고, 지갑이 빼빼하니 불러도 못나가는 핑계가 풍년이다.

몸 멀어지니 마음도 멀어지는지, 인연이 멀어지는 소리가 가을바람에 낙엽 구르는 소리처럼 바스락바스락한다.

세월 따라 인연도 달라지는 것을 예전엔 몰랐다.

어린 시절의 친구들이 늘 그대로 함께 있을 줄 알았는데.... 그리고 학창시절의 친구들도 늘 영원한 친구라며 언제나 함께할 줄 알았는데.... 사회 친구들과 늘 함께 삶을 이야기하며, 한 잔의 술에 인생과 그리움을 이야기하며 울고 웃고 행복했는데....

지금은 어디 있는가?

이제야 조금씩 알 것 같다. 세월 따라 인연도 달라지는 것을. 사람도 변한다는 것을. 어쩔 수 없어서가 아니라 삶의 시간에 따라서 달라질 수밖에 없음을.

그러나 한 가지 마음속에서는 지울 수 없다는 것을. 얼굴은 잊혀가더라도 그때의 아름다운 추억들은 늘 마음속에 있다는 것을.

서서히 가라

생각하는 여유를 가져라. 그것이 힘의 원천이다.

노는 시간을 가져라. 그것이 영원한 젊음의 비결이다.

독서 하는 시간을 가져라. 그것이 지식의 샘이 된다.

사랑하고 사랑받는 시간을 가져라. 그것은 신이 내린 특권이다.

평안한 시간을 만들어라. 그것은 행복으로 가는 길이다.

웃는 시간을 만들어라. 그것은 혼의 음악이다.

남에게 주는 시간을 만들어라. 자기중심적으로 살기에는 하루가 너무 짧다.

노동하는 시간을 가져라. 그것이 성공을 위해 치러야 할 대가다.

자선을 베푸는 시간을 가져라. 그것은 천국의 열쇠이다.

끈

墨守묵수
자신의 의견을 굽히지 않고 지킨다.

어느 날 젊은 며느리에게 포장이 아주 꼼꼼하게 된 소포가 왔다.

가위를 찾아 포장된 끈을 자르려고 할 때 시어머님이 말리셨다.

"애야, 끈은 자르는 게 아니라 푸는 거란다."

며느리는 포장 끈의 매듭을 푸느라 한동안 끙끙거리며 '가위로 자르면 편할 걸 별걸 다 나무라신다.'라고 속으로 구시렁거리면서도 결국 매듭을 풀었다.

다 풀고 나자 어머님의 말씀, "잘라버렸으면 쓰레기가 됐을 텐데, 예쁜 끈이니 나중에 다시 써먹을 수 있겠구나."라고 천진하게 웃으시더니 덧붙이셨다.

"인연도 잘라내기보다 푸는 습관을 들여야 한단다."

혹 얽히고설킨 삶의 매듭들이 있다면 하나하나 풀어가자. 이 세상은 혼자 살아가는 것이 아니고 인연과 연분 속에서 더불어 사는 것이므로 잠시의 소홀로 연이 끊겨 후일 아쉬워 후회한들 무슨 소용 있겠는가? 또 인연의 끈과 삶의 고리도 자르지 말고 풀며 살자.

이 세상에서 가장 아름다운 것은

明眸皓齒 명모호치
밝은 눈동자와 흰 이

이 세상에서 가장 아름다운 것은 꽃이 아니라 아름다운 마음씨를 가진 사람이다. 거기에 아름다운 모습까지 갖추었다면 이는 신이 정성껏 만들어 보내신 선물이다. 아름답게 태어나서 아름다운 마음씨에 아름답게 살아간다면 사랑과 행복을 모두 갖춘 것이리라.

아름다운 사람은 웃어도 아름답고 울어도 아름답다. 이 세상 모든 사람이 아름답게 생각하고 아름답게 살아간다면 아름다운 세상이 되는 것이다.

천국은 하늘에만 있는 것이 아니다. 천국은 마음에 있고 우리 모두에게 있다. 천국은 아름다운 마음으로 얼마든지 만들 수 있다.

그러나 때로는 많은 사람이 스스로 포기하고 서로를 미워한다. 미움과 시기하는 마음은 자신에게 불행과 고통만 줄 뿐이다. 밝게 보고 아름답게 보며 즐겁게 살아가는 것이 사랑과 행복이다.

사람 관계는 이기고 지는 것이 없어

反求諸己반구제기
모든 잘못의 원인을 자기에게서 찾는다.

가장 만나기 쉬운 것이 사람, 가장 얻기 쉬운 것도 사람, 가장 잃기 쉬운 것 또한 사람이다. 물건을 잃어버리면 대체가 되지만 사람은 아무리 해도 똑같은 사람으로 대체할 수 없으니 사람이 가장 중요하다. 한 번 잃은 사람은 다시 찾기 어렵다.

사람을 사람으로 사람답게 대하는 진실한 인간관계, 그것이 가장 아름다운 일이며, 진정 소중한 것을 지키는 비결이다. 사람을 얻는 일, 그것이 가장 중요하다.

사람을 잃는 것이 최악의 실수다. 잔인하게도 인간은 백번 잘해 줘도 한 번의 실수를 기억한다. 사람의 마음은 간사해서 수많은 좋았던 기억보다 단 한 번의 서운함에 오해하고 실망하며 틀어지는 경우가 많다.

실수한 것엔 먼저 미안하다고 말한다면 사람 관계는 나빠지려야 나빠질 수 없다. 사람 관계에서는 이기고 지는 것이 없다. 먼저 고맙다고, 먼저 미안하다고 말하라. 소중한 인연을 아끼고 서로 사랑하는 것이 진정 행복한 삶이다.

비단과 걸레

曲高和寡곡고화과
곡이 높으면 화답하는 사람이 적다.

'비단'은 모든 사람에게 꼭 필요한 물건은 아니다. 그러나 더러운 것을 닦아내는 '걸레'는 꼭 필요하다.

19~20세기를 대표하는 화가 고흐와 피카소, 이 둘 중 누가 더 뛰어난 예술가인지 판단하기는 힘들다. 그러나 누가 더 행복하고 성공적인 삶을 살았느냐고 묻는다면 대답은 명백하다.

19세기의 고흐는 생전에 단 한 점의 그림도 팔지 못해 찢어지는 가난 속에서 좌절을 거듭하다가 결국 서른일곱의 젊은 나이에 스스로 목숨을 끊었고, 피카소는 살아생전에 20세기 최고의 화가로 대접받으며 부와 풍요 속에서 아흔이 넘도록 장수했다.

많은 경영학자는 두 화가의 인생을 갈라놓은 원인을 '인맥의 차이'에서 찾는다. 인생에서 실패하는 가장 큰 원인은 '인간관계'라고 한다. 고흐는 사후에 피카소를 능가할 만큼 크게 이름을 떨쳤다. 그가 남겨놓은 걸작들이 피카소의 그림보다 값이 더 나가고 있기 때문이다. 그러나 죽은 뒤의 성공이 살아생전의 성공과 같을 수는 없지 않겠는가? 살아생전 고흐는 불행했고 피카소는 행복했다.

'우분투(UBUNTU)'란 말을 아시나요?

頃筐倒篋 경광도협
광주리와 궤짝을 거꾸로 하다.

'UBUNTU'는 아프리카 반투족의 말로 '우리가 함께 있기에 내가 있다!'라는 뜻이다. 내가 너를 위하면 너는 나로 인해 행복하고, 너로 인해 나는 두 배로 행복할 수 있다.

아프리카 부족을 연구하던 인류학자가 한 부족의 아이들을 모아 놓고, 나무 옆에 싱싱하고 달콤한 딸기가 가득 든 바구니를 놓고 누구든 먼저 바구니까지 간 아이에게 과일을 다 주겠다고 했다.

인류학자의 예상과는 달리 아이들은 미리 약속이라도 한 듯 서로의 손을 잡고 함께 달리기 시작했다. 아이들은 과일 바구니에 다다르자 모두 둘러앉아 과일을 나누어 먹었다.

인류학자는 아이들에게, "누구든지 1등으로 간 사람에게 모두 다 주려고 했는데 왜 손을 잡고 같이 달렸느냐?"라고 묻자, 아이들의 입에서는 'UBUNTU(우분투)'라는 단어가 합창하듯 쏟아졌다. 그리고 한 아이가, "다른 아이들이 슬픈데 어떻게 나만 기분이 좋을 수가 있는 거죠?"라고 덧붙였다.

'우분투!' 당신이 있기에 우리가 있다.

以心傳心이심전심
마음에서 마음으로 전함

꽃은 피어날 때 향기를 토하고, 물은 연못이 될 때 소리가 없다. 언제 피었는지 알 수 없는 정원의 꽃은 향기를 날려 자기를 알린다.

마음을 잘 다스려 평화로운 사람은 한 송이의 꽃을 피우듯 침묵하고 있어도 저절로 향기가 난다. 한평생 살아가면서 우리는 참 많은 사람과 만나고 헤어진다. 그러나 꽃처럼 그렇게 마음 깊이 향기를 남기고 가는 사람을 만나기란 쉽지 않다.

인간의 정이란 무엇일까? 주고받음을 떠나서 사귐의 오램이나 짧음과 상관없이 사람으로 만나 함께 호흡하다, 정이 들면서 더불어 고락도 나누고 기다리고 반기고 보내는 것인가?

기쁘면 기쁜 대로 슬프면 슬픈 대로, 있으면 있는 대로 없으면 없는 대로, 또 아쉬우면 아쉬운 대로 그렇게 소담하게 살다가 미련이 남더라도 때가 되면 보내는 것이 정이 아니던가.

대나무가 속을 비우는 까닭은 자라는 일 말고도 제 몸을 단단하게 보호하기 위해서란다. 대나무는 속을 비웠기 때문에 어떠한 강풍에도 흔들릴지언정 쉬이 부러지지 않는다고 했다.

향기와 매력이 느껴지는 사람

明鏡止水명경지수
티끌 한 점 없는 거울처럼 맑은 물

사람의 참된 아름다움은 생명력에, 그 마음 씀씀이에, 그 생각의 깊이와 실천력에 있다. 맑고 고요한 마음을 가진 사람의 눈은 맑고 아름답다. 깊은 생각과 연구를 게을리 하지 않는 사람에게서는 밝고 지혜로운 빛이 느껴진다. 녹슬지 않은 반짝임이 늘 그를 새롭게 하기 때문이다.

남에게 도움의 손길을 건네고 옳은 일을 묵묵히 해내는 사람에게서는 큰 힘이 전해져 온다. 강한 실천력과 남을 헤아려 보살피는 따뜻함이 있기 때문이다. 누구를 닮은 얼굴보다 좀 못생겨도 어쩐지 맑고 지혜롭고 따뜻함이 느껴지는 사람, 만날수록 그만의 향기와 매력이 느껴지는 사람이야말로 내면이 아름다운 사람이다.

거울 속 자신의 마음을 들여다보고 내면을 가꾸세요. 내 마음의 샘물은 얼마나 맑고 고요한지, 내 지혜의 달은 얼마나 둥그렇게 솟아 내 삶을 비추는지, 내 손길과 발길 닿는 데에는 어떤 은혜로움이 피어나는지, 내 음성이 메아리치고 내 마음이 향하는 곳에 얼마나 많은 이들이 고마워하고 있는지....

풀잎 같은 인연

人生如朝露인생여조로
인생은 아침이슬과 같다.

        풀잎 같은 인연도 잡초라고 여기는 사람은 미련 없이 뽑을 것이고, 꽃이라고 가꾸는 사람은 알뜰히 가꿀 것이다.

    그대와 나의 만남이 꽃잎이 햇살에 웃는 것처럼, 나뭇잎이 바람에 춤추듯이, 일상의 잔잔한 기쁨으로 서로에게 행복의 이유가 될 수 있다면, 당신과의 인연이 설령 영원을 약속하지는 못할지라도 먼 훗날 기억되는 그 순간까지 변함없이 진실한 모습으로 한 떨기 꽃처럼 아름다웠으면 좋겠다.

    만남이 있으면 헤어지게 마련이고 떠난 사람은 반드시 돌아올 것이고 태어난 것은 반드시 죽는다(법화경法華經).

새옹지마塞翁之馬

塞翁之馬새옹지마
변방에 사는 늙은이의 말

한 사업가가 인도에 갔다. 귀국하는 비행기를 타기 위하여 택시를 탔다. 그런데 택시 운전사가 길을 모르고 헤매는 게 아닌가. 비행기를 놓칠까 노심초사하다 결국 비행기를 놓치고 말았다. 그는 운전사에게 원망과 욕설을 퍼부었다.

그런데 이후 뉴스를 보는 순간 그는 깜짝 놀랐다. 바로 타려고 했던 그 비행기가 추락했다는 것.

그 이후 그는 계획대로 되지 않을 때도 절대 화를 내지 않는다고 한다. 좋을지 나쁠지 알 수가 없다.

우리의 삶에서 가장 소중히 여기는 교훈이 몇 가지 있는데 그중 하나가 '새옹지마'다. 일상에 벌어진 사건에 대해 '일희일비'할 필요는 없다. 그 이유는 그것이 내게 진짜 해가 될지, 득이 될지 알 수가 없기 때문이다. 삶의 어떤 기쁨이 고통으로 판명되기도 하고, 고통의 사건이 즐거움으로 변하기도 한다. 그러므로 지금 고통스러운 어떤 사건이 일어나든 그저 선선하게 받아들이면 좋겠다. 그러려면 생각의 전환이 잘 작동되어야만 한다.

···
내가 먼저

歲月不待人세월부대인
세월은 사람을 기다리지 않는다.

내가 먼저 좋은 생각을 가져야 좋은 사람 만나고, 내가 먼저 멋진 사람이 되어야 멋진 사람들과 함께 어울리고, 내가 먼저 따뜻한 마음을 품어야 상대도 따뜻한 사람을 만난다.

자신에게 늘 잘해주는 사람과 작은 정성으로 매일매일 메시지를 보내주는 사람은 당신을 사랑하는 마음이 있기에 가능하다. 한평생 수많은 날을 살아가면서 아마도 그런 사람 만나기란 그리 쉽지 않을 것이다.

택시는 하나를 놓치면 다음 차를 기다리면 되지만, 사람은 한 번 놓치면 그런 사람 다시 얻기가 쉽지 않다. 좋은 사람은 좋은 사람을 만나고, 따뜻한 사람은 따뜻한 사람을 만나게 된다. 어차피 한 번 맺어진 인연 소중한 자산으로 생각하고 오래 간직하고 싶다.

이 세상은 혼자 살아가는 것이 아니고 인연과 인연으로 더불어 사는 것이므로 소홀히 대한 인연으로 후일 아쉬울 때가 온다면 그때 후회한들 무슨 소용이 있겠는가? 우리의 인연 고이 간직하고 오늘도 밝은 미소로 행복한 하루가 되길 기원한다.

참, 이런 거 아세요?

知之者지지자
진리를 아는 사람

식사 후 적극적으로 밥값을 계산하는 이는 돈이 많아서 그런 것이 아니라 돈보다 관계를 더 소중히 생각하기 때문이고, 일할 때 주도적으로 하는 이는 바보스러워서 그런 게 아니라 책임을 알기 때문이고, 다툰 후 먼저 사과하는 이는 잘못해서 그러는 게 아니라 당신을 아끼기 때문이다.

늘 나를 도와주려는 이는 빚진 게 있어서 그런 게 아니라 진정한 친구로 생각하기 때문이며, 늘 카톡이나 안부를 보내주는 이는 한가하고 할 일이 없어서 그러는 게 아니라 마음속에 늘 당신을 두고 있기 때문이다.

잊지 마라. 소중한 인연을 아끼고 서로 사랑하는 것이 진정 행복한 삶이라는 것을.

한결같은 마음과 따뜻한 만남

泰斗태두
태산과 북두칠성. 어떤 분야에서 빼어난 사람

자기에게 늘 잘해주는 사람과 작은 정성으로 매일매일 메시지를 보내주는 사람을 절대 버리지 말라.

한평생 수많은 날을 살아가면서 그런 사람 만나는 건 아마도 그리 쉽지 않으리라. 버스는 놓치면 기다리면 다음 차가 온다. 그러나 잠깐의 실수로 사람 하나를 놓치면 그런 사람이 다시 올까? 그런 사람이 또 오기란 무척 힘들고 어려운 세상이다.

남의 선함을 이용하지 마라. 남의 믿음을 가지고 놀지 마라. 남의 감정을 가지고 속이지 마라. 남의 진심을 가지고 농담하지 마라.

늘 한결같은 마음으로 그냥 있는 그대로 마음 가는 대로 그렇게 살면 된다. 처음의 만남은 하늘이 만들어주는 인연이고 그다음부터는 사람이 만들어가는 인연이다.

만남과 인연이 잘 조화된 사람의 인생은 아름답다. 만남에 대한 책임은 하늘에 있고 관계에 대한 책임은 사람에게 있다. 좋은 관계는 저절로 만들어지지 않는다. 서로 노력하고 애써야 좋은 관계를 이룰 수 있다.

서로 위안이 되는 사람

國士無雙국사무쌍
나라 안에 둘도 없는 인물

　　우리가 삶에 지쳐 주저앉고 싶을 때 말없이 마주 보는 것만으로도 서로 마음 든든한 사람이 되고, 때때로 힘겨운 인생의 무게로 마음마저 막막할 때 우리 서로 위안이 되는 그런 사람이 되자.

　사랑에는 조건이 따른다지만 우리의 바람은 지극히 작은 것이게 하고, 그리하여 더 주고 덜 받음에 섭섭해 말며, 문득 스치고 지나가는 먼 회상 속에서도 우리 서로 기억마다 반가운 사람이 되자.

　어느 날 불현듯 지쳐 쓰러질 것 같을 때 우리 서로 마음 기댈 수 있는 사람이 되고, 혼자 견디기엔 한 슬픔이 너무 클 때 언제고 부르면 달려올 수 있는 자리에 오랜 약속으로 머물러 기다리며 더없이 간절한 그리움으로 저리도록 바라보고픈 사람, 우리 서로 끝없이 기쁜 사람이 되자.

　서로 위안이 되는 사람으로.

공존의 법칙

*滄海一粟*창해일속
망망한 바닷속의 좁쌀 한 알

오래 걸으려면 좋은 신발이 필요하듯 오래 살려면 좋은 인연이 필요하다.

포장지가 아무리 화려해도 결국엔 버려지듯 남의 들러리로 살면 결국 후회만 남는다.

지구와 태양의 거리가 달라지면 둘은 공존할 수 없다. 사람의 관계도 이와 같다. 최적의 거리를 유지할 때 공존할 수 있다.

바둑의 정석을 실전에서 그대로 두는 고수는 없다. 정석대로 두면 어느 한쪽이 불리해지기 때문이다.

이처럼 인생의 정석도 불리하지 않기 위해 배운다.

인연은 참 중요하다. 오늘은 인연의 끈을 이어가는 좋은 하루가 되었으면 싶다.

성공은 능력보다 열정에 의해서 좌우된다. 성공한 사람은 자기 일에 몸과

영혼을 바친 사람들이다.

-찰스 북스톤

인생 칼럼 모음

삶의 쉼터

노력

간절히 원하면 이루어져

可與樂成가여낙성
일이 성공하여 함께 즐긴다.

순간을 지배하는 사람이 인생을 지배한다. 순간적인 유혹과 충동이 한순간 인생에 광풍을 몰고 온다.

매 순간 행동의 씨앗을 뿌리면 습관의 열매가 열리고, 습관의 씨앗을 뿌리면 성격의 열매가 열리고, 성격의 씨앗을 뿌리면 운명의 열매가 열린다.

이것이 나폴레옹이 세계를 지배한 까닭이며 몰락한 이유이다.

간절히 바라고 절실히 생각하면 반드시 이루어진다. 당신의 운명, 당신의 인생은 당신의 생각과 행동으로 만들어진다.

좋은 일을 생각하면 좋은 일이 일어난다. 성공한다고 믿으면 언젠가 이루어진다는 신념을 갖고 나아가라.

잠재의식의 힘을 활용하면 인생의 어떤 장애와 시련도 극복할 수 있다.

성공의 시금석

開卷有得개권유득
책을 펴고 글을 읽어라.

신은 스스로 노력하는 사람을 도와주신다. 모든 인생은 시도다. 많은 시도는 더 나은 인생을 만든다.

한 번도 실패한 적이 없는 이유는 한 번도 시도한 적이 없기 때문이다. 모든 여건이 완벽해지기를 기다린다면 어떤 일도 시도할 수 없을 것이다.

시도가 주저되는가? 시도는 성공의 시금석이다!

'이 나이에!'하고 사람들은 말한다. 너무 늦었다고 말한다. 이 나이에 뭘 하냐고 한다.

그러나 그것은 나약하고 게으른 생각이다. 늦었다고 생각할 때가 가장 빠를 때라는 말도 있다.

이제 바꿔보자. 지금 안 하면 언제 하느냐고, 이 나이에 안 하면 언제 하느냐고, 내일이면 오늘보다 더 늙는다. 하루라도 젊을 때 하고 싶은 것을 시작해보라. 시작하기에 늦을 때란 없다. 당신은 충분히 잘 할 수 있다. 아직도 무언가를 시작하기에 충분한 나이다.

아버지의 마음

*斷機之敎*단기지교
짜던 베를 잘라 가르침

경남 산청에 작은 마을이 있다. 그곳에서 초등학교를 졸업한 한 학생이 대구의 중학교로 진학하게 되었다.

어려운 가정 형편에 대구까지 학교를 보내는 것은 녹록한 상황이 아니었지만, 아버지는 자식의 앞날을 위해 결정했다.

하지만 아들은 공부에 전혀 관심이 없었다. 아들은 68명 중에 68등이라는 성적표를 받았다.

아버지의 실망을 견디지 못할 것 같아 아들은 성적표의 68이라는 숫자를 1로 고쳐 아버지에게 가져다드렸다.

하지만 어설픈 거짓말은 뜻밖의 일로 번졌다.

아버지는 자식의 1등을 축하한다고 재산목록 1호인 돼지를 잡아 마을 잔치를 연 것이다.

아들은 자신의 거짓말 때문에 가장 큰 재산이었던 돼지를 아낌없이 잡은 아버지의 모습을 평생 마음에 담고 살아야 했다.

아들은 그런 아버지께 실망을 드리지 않기 위해 정말 열심히 공부하기 시작했다. 그리고 아들은 박사가 되고, 대학교수가 되고, 대학

총장이 되었다.

아들에게 아이가 태어나고 그 아이가 중학생이 된 어느 날 아들은 아버지에게 조심스럽게 말했다.

"아버지, 저 중학교 1학년 때 1등은요...."

아버지는 아들의 말을 막았다.

"알고 있었다. 그만해라. 손자 듣는다."

경북대학교 총장을 역임했던 박찬석 박사의 이야기다. 자식의 빤한 거짓말에도 묵묵히 기다려주신 아버지의 마음은 과연 어떤 것일까?

시골 가난한 집에서 농사짓고 돼지를 기르던 아버지는 이미 알고 계셨다. 자식은 부모의 기대와 믿음의 크기만큼 성장한다는 것을 말이다.

**

생존, 그 차가운 전쟁

매일 아침 아프리카에선 가젤이 눈을 뜬다. 그들은 사자보다 더 빨리 달리지 않으면 죽을 것임을 안다.

매일 아침 사자 또한 눈을 뜬다. 그 사자는 가장 느리게 달리는 가젤보다 빨리 달리지 않으면 굶어 죽을 것임을 안다.

당신이 사자이건 가젤이건 상관없이 아침에 눈을 뜨면 질주하여야 한다.

시련이 있어야 성숙해진다

匹夫之勇필부지용
함부로 날뛰는 행동

신이 인간과 함께 살던 시절의 이야기다.

호두 과수원 주인이 신을 찾아와 간청했다.

"저한테 한 번만 1년의 날씨를 맡겨주십시오."

"왜 그러느냐?"

"이유는 묻지 마시고 딱 1년만 천지 일기의 조화가 저를 따르도록 해 주십시오."

하도 간곡히 조르는지라, 신은 호두 과수원 주인에게 1년 날씨를 맡기고 말았다.

그래서 1년간의 날씨는 호두 과수원 주인 마음대로 되었다. 햇볕을 원하면 햇볕이 쩅쩅했고, 비를 원하면 비가 내렸다. 바람도 없었고, 천둥도 없었다. 모든 게 순조롭게 되어갔다.

이윽고 가을이 왔다. 호두는 대풍이었다. 호두 과수원 주인은 산더미처럼 쌓인 호두 중에서 하나를 집어 깨뜨려 보았다.

그런데 이게 웬일인가?

알맹이가 없이 텅 비어 있었다. 다른 호두도 깨뜨려 보았다. 비어 있기는 마찬가지였다.

호두 과수원 주인은 신을 찾아가 '이게 어찌 된 일이냐?'고 따지며 항의하였다.

그러자 신은 빙그레 웃으며 이렇게 대답하는 것이었다.

"이봐, 시련이 없으면 그렇게 알맹이가 들지 않는 법이라네. 알맹이란 폭풍 같은 방해도 받고 가뭄 같은 갈등도 있어야 껍데기 속의 영혼이 깨어나 여문다네."

우리네 인생사도 마찬가지다. 매일매일 즐겁고 좋은 일만 있다면야 우리 영혼 속의 알맹이가 여물겠는가?

어렵고 힘들고 고통스러운 일이 많겠지만, 호두 알맹이의 교훈을 되새겨 보라.

***

성공을 위한 디딤돌

1. 주위를 살펴보라. 쓸데없는 두려움이 당신의 앞길을 가로막고 있지는 않은가? 두려움이란 단지 마음의 상태일 뿐이다.
2. 두려움을 없앨 수 있는 습관들을 익히는 것이 중요하다.
3. 두려움은 흔할 뿐 아니라, 어떤 것은 정당하기까지 하다. 그러나 당신이 우유부단함과 의심에서 벗어나지 않는 한 두려움은 뿌리 박은 채 자랄 것이다.
4. 돈을 생각하고 큰 부자가 되는 데 변명만큼 장애가 되는 것도 없다.

길고 짧은 것은 비교에서 나와

矛盾모순
창과 방패

장단상교長短相較, 길고 짧음은 서로 비교할 수 있다.

한 고승高僧이 지팡이를 옆에 놓고 가리키며 '이 막대기를 톱이나, 도끼나 손을 대지 말고 짧게 만들어 보아라.'라고 문제를 내었다.

스님들이 수개월 동안 머리를 싸매고 연구를 했건만 모두 어떻게 해야 할지 해답을 내놓지 못했다.

그때 한 스님이 앞으로 나가 삼배를 올리고,

"제가 해보겠습니다."

하고는 나가더니 긴 막대기를 가져가다 그 지팡이 옆에 놓았다.

고승께선 빙그레 웃으시며,

"길고 짧다는 것은 상대적 개념이다. 역시 그대가 해냈구나!"

하시며 만족해하셨다.

우리가 잘 살고 못 사는 것도 역시 상대적인데, 대개는 높이 쳐다만 보고 사니 자신이 부족하고 초라해 보여 불행하다고 느낀다.

그래서 자신을 위로하는 가장 좋은 방법은 자신보다 더 불행한 사람들을 찾아보고 그들을 돕는 것이다.

행복은 재력이나 권력, 명예에만 있는 것이 아니라, 평소 작은 덕이라도 소홀히 하지 않고 열심히 쌓는 것이 후일 아름다운 행복이 되는 것이다.

재벌도 자살하고, 권력가도 구속되고, 명성이 높은 자도 오래가지 못하니 '길고 짧은 것은 대보아야 안다.'라는 말이 있다.

긴 것도 더 긴 것에 비하면 짧고, 짧은 것도 더 짧은 것에 비하면 길다. 입장에 따라 길고 짧음이 판명된다.

'인생은 짧고 예술은 길다.'라는 말이 있다. 하지만 인생을 멋지게 사는 이에게는 짧게만 느껴지지는 않을 것이다.

길고 짧음에 연연할 것이 아니라 얼마나 멋있게 인생을 살 것인가를 생각하라.

인생의 주인은 자신

格物致知격물치지
사물의 이치를 연구하여 학문을 넓힘

모든 성공은 언제나 장애물 뒤에서 그대가 오기를 기다리고 있다. 길을 가다 돌부리에 걸려 넘어졌다면 길을 가던 내 잘못일까, 거기 있던 돌의 잘못일까? 넘어진 사실을 좋은 경험으로 받아들이면 누구의 잘못도 아니다. 인생길을 가다가 넘어졌을 때도 마찬가지다. 하지만 당신이 길을 가면서 같은 방식으로 넘어지기를 반복한다면 잘못은 분명 당신에게 있다.

시간이 지나면 부패하는 음식이 있고 시간이 지나면 발효되는 음식이 있다. 인간도 마찬가지다. 시간이 지나면 부패하는 인간이 있고 시간이 지나면 발효되는 인간이 있다. 한국 사람들은 부패한 상태를 '썩었다'라고 말하고 발효된 상태를 '익었다'라고 말한다. 신중해라. 그대를 썩게 만드는 일도 그대의 선택에 달려있고 그대가 익도록 만드는 일도 그대의 선택에 달려있다.

운이 꼬일 때가 있다. 그럴 때는 하는 일마다 실패를 초래한다. 하지만 헤어나는 방법이 있다. 일부러 사람들을 찾아다니면서 무조건 베풀어라. 그러면 거짓말처럼 모든 일이 잘 풀리게 된다.

상처 입은 조개, 코코 샤넬

磨杵作針마저작침
쇠 공이를 갈아 바늘로 만든다.

상처 입은 조개가 진주를 만든다. 전 세계 여성들의 선망 코코 샤넬(1883~1971)의 슬픈 기억을 아십니까?

소녀의 첫사랑을 바쳐 사랑했던 한 남자는 가을 아침의 안개처럼 떠나버리고, 홀로 딸아이를 키우던 그녀에게 찾아온 첫 번째 시련은 아이의 병이었다. 몽파르나스 뒷거리 어느 이름 없는 양재점에서 견습공으로 일하던 그녀에게는 아픈 아이를 병원에 데려갈 돈이 없었다. 곧 죽을 것만 같은 아이를 바라보던 그녀는 일생에 단 한 번 몸을 팔았다. 인적이 드문 파리의 밤거리를 나와 지나가는 사내에게 "나를 사세요."라고 구걸했고, 자신을 판 돈으로 아이의 목숨을 살렸다. 그리고 그 수치와 세상에 대한 분노를 가슴에 안고, "기어이 성공하리라." 하늘에 맹세하였다. 그리고 그녀는 그 분노의 에너지 위에 자신의 꿈을 쌓아 패션과 향장에서 전 세계 탑top의 사업을 일구었다. 전설의 향수 샤넬 넘버 5, 사라지지 않는 영원한 클래식 패션 룩을 창시함으로써 그녀는 죽어서도 영원히 살아있는 신화를 일구었다.

오늘은 다시 오지 않아

一刻千金일각천금
짧은 시간도 천금의 가치가 있다.

오늘은 다시 오지 않는다. 내 사전에는 불가능이 없다고 선포했던 나폴레옹은 유배지에서 쓸쓸하게 생을 마쳤다. 세상을 정복한 알렉산더 대왕은 더는 정복할 나라가 없어 슬퍼하다가 술에 빠져 서른세 살에 요절했다.

세상에는 오묘한 섭리가 있다. 햇빛이 있으며, 때로는 비바람이 몰아치기도 한다. 그러한 것이 불편하기도 하지만 인정하며 살아가는 가장 영악한 존재가 인간이다. 무더위나 추위가 싫어도 그것을 담담하게 감당하며 살아가는 것이 인생이다. 때로는 자연에 도전하기도 하고 변화무쌍한 섭리에 순응할 필요도 있다. 자연의 섭리는 거부할 수 없으며 자연이 주는 어떠한 고난도 우연이나 헛된 것이 없다는 것을 인간들은 알게 되었다. 더위와 비바람이 있어 가을에는 탐스러운 열매가 익고 매서운 추위가 있어 벌레가 없는 아름다운 꽃을 볼 수 있다.

나를 위해 내 마음의 즐거움만 찾지 않기를 기도한다.

빌 게이츠가 말한 가슴 뜨끔한 명언

座右銘좌·우·명
반성의 자료로 삼는 경우

1. **태어나서** 가난한 건 당신의 잘못이 아니지만 죽을 때도 가난한 건 당신의 잘못이다.

2. 화목하지 않은 가정에서 태어난 것은 죄가 아니지만 당신의 가정이 화목하지 않은 것은 당신의 잘못이다.

3. 실수는 누구나 한 번쯤 아니, 수백 수천 번 할 수 있다. 그러나 같은 실수를 반복하면 그건 못난 사람이다.

4. 인생은 등산과도 같다. 정상에 올라서야만 산 아래 아름다운 풍경을 볼 수 있듯 노력 없이는 정상에 이를 수 없다.

5. 때론 노력해도 안 되는 게 있지만, 노력조차 안 해보고 정상에 오를 수 없다고 말하는 사람은 폐인이다.

6. 가는 말을 곱게 했다고 오는 말도 곱기를 바라지 말라. 다른 사람이 나를 이해해주길 바라지도 말라.

7. 항상 먼저 다가가고 먼저 배려하고 먼저 이해하라.

8. 주는 만큼 받아야 한다고 생각지 말라. 아낌없이 주는 나무가 되어라. 시작도 하기 전에 결과를 생각하지 말라.

'고수'와 '하수'의 차이와 '임계점의 극복'

迂直之計 우직지계
돌아서 가는 계책

　　예전에 '박정희' 대통령이 '소양강댐'을 건설하려고 국내 대표건설사 4곳을 불렀다. 각 건설사는 어떻게 하면 수주를 받을 것인지 고민할 때 한 건설사는 서울 지도를 펼쳐놓고 상습침수구역 중 '소양강댐이 건설되면 침수되지 않을 지역'을 찾아 그곳의 땅을 헐값에 사들였다.

　어차피 '상습침수구역'이라 거들떠보지도 않는 땅이었으니 그 건설사가 투기를 한 회사라 욕할 필요는 없을 것이다.

　그 땅이 '압구정'이다. 지금도 압구정엔 H건설 땅이 많고 백화점도 있다. 남들이 댐 공사로 돈을 벌려고 치열하게 경쟁할 때 한 단계 더 멀리 내다본다는 것, 이것이 '임계점'을 극복하고 성공하는 비결이다.

　초등학생들에게 얼음이 녹으면 뭐가 되는지 물었다. 대부분 물이 된다고 했는데 한 명은 봄이 온다고 대답했다.

　멋지다. 감탄스럽고 획기적이다. 아무것도 아닌 것 같지만 남들보다 한 단계, 한 걸음 더 앞서서 생각한 것이다.

여러분은 뭐라고 대답할 것인가?

나는 물이라고 생각했다. 과학 시간에 그렇게 배운 틀을 깨지 못한 것이다.

'임계점'이 뭔지 생소한 분들이 있을 것이다. 물이 끓는 온도가 100도이다. 99도까지는 물의 성질이 변하지 않는다. '마지막 1도', 이것이 있어야 물이 끓고 성질이 변한다. 이것이 임계점이다.

고수와 하수의 차이는 1도, 마지막 남은 1도의 차이다. 많은 수치도 아닌 1도의 차이인데 격차는 엄청나다.

금전적으로나 모든 면에서 마지막 남은 고지를 눈앞에 두고 포기하느냐 정복하느냐다.

쉬운 예가 건강이고 다이어트다. 조금만 더 운동하고 노력하면 될 거 같은데, 늘 1도가 부족하다. 어제도 부족했고 내일도 부족할 것이다. 왜냐하면, 우리는 하수니까!

지금 이 순간 피식 웃으면서 거울 보고 뿌듯해하는 당신은 고수다. 임계점을 극복하는 고수가 되어라.

다이어트, 공부, 승진, 모든 분야에서 마지막 남은 1도를 극복하고 기존의 틀을 깨는 사고방식으로 고수가 되어라. 분명 행복해질 것이다.

우리의 인생 목표는 '지금부터'

干將莫耶간장막야
후세에 이름을 떨칠 보검

　　사람은 살아가면서 이미 흘러간 되돌릴 수 없는 시간을 가장 아쉬워하고 연연하는 반면, 가장 뜻깊고 가장 중요한 지금이라는 시간을 소홀히 하기 쉽다.

　과거는 아무리 좋은 것이라 해도 다시 돌아오는 법이 없는 이미 흘러간 물과 같을뿐더러 그것이 아무리 최악의 것이었다 해도 지금의 자신을 어쩌지 못한다.

　우리가 관심을 집중시켜야 할 것은 지나온 시간이 얼마나 훌륭했는가 하는 것이 아니라 남은 시간을 어떤 마음가짐으로 어떻게 이용할 것인가이다.

　자신이 그토록 바라고 소망하는 미래는 자신의 과거가 결정하는 것이 아니라 지금 현재가 좌지우지한다는 사실을 기억하라.

　우리 인생의 목표는 '지금까지'가 아니라 '지금부터'다.

하루를 사는 일

居無幾何거무기하
시간이 많이 지나지 않았다.

     순간을 사는 일이 하루를 만들고 하루하루를 사는 일이 한 생을 이룬다.

하루를 사는 일을 마지막 날인 것처럼 정성을 다하고, 하루를 사는 일을 평생을 사는 일처럼 길게 멀리 보아야 한다.

많은 사람이 젊은 날의 시간을 의미 없이 낭비하고는 뒤늦게 지난 시간으로 돌아갈 수 있다면 다르게 한 번 살아볼 텐데 하며 후회하고 아쉬워한다.

한 번 지나가면 다시 살아볼 수 없는 시간 순간을 뜨겁게 사랑하며 살아야 한다.

하루를 사랑으로 사는 일이란 너그러워지고 칭찬하고 겸손하고 진지해지는 것을 의미한다.

하루를 사랑으로 끝내는 일은 반성하고 감사한 마음을 갖는 것을 뜻한다.

다음 칸 또 있다

狡兔三窟 교토삼굴
슬기 있는 토끼는 굴을 셋 만든다.

이 글은 실제 있었던 일로 지하철에서 만난 황당한 아저씨의 이야기다.

"자, 여러분 안녕하십니까? 제가 이렇게 여러분 앞에 나선 이유는 가시는 길에 좋은 물건 하나 소개해드리고자 이렇게 나섰습니다. 자, 플라스틱 머리에 솔이 달려있습니다. 이게 무엇일까요? 맞습니다. 칫솔입니다. 이걸 뭐 하려고 가지고 나왔을까요? 맞습니다. 팔려고 나왔습니다. 이게 얼마일까요? 천 원입니다. 뒷면으로 돌려보겠습니다. 영어가 씌어 있습니다. Made in Korea(메이드 인 코리아). 이게 무슨 뜻일까요? 수출했다는 겁니다. 수출이 잘 됐을까요? 안 됐을까요? 망했습니다. 자 그럼, 여러분에게 하나씩 돌려보겠습니다."

아저씨는 칫솔을 사람들에게 돌렸다.

황당해진 사람들은 웃지도 못했다.

칫솔을 다 돌린 아저씨가 말을 이어갔다.

"자, 여러분 여기서 제가 몇 개나 팔 수 있을까요? 여러분도 궁금하시죠? 저도 궁금합니다. 잠시 후에 알려드리겠습니다."

잠시 궁금했다. 몇 개나 팔렸을까?

"4개가 팔렸습니다."

말이 이어졌다.

"자 여러분, 칫솔 네 개를 팔았습니다. 얼마 벌었을까요? 칫솔 4개 팔아서 4천 원 벌었습니다. 제가 실망했을까요? 안 했을까요? 예, 실망했습니다. 제가 여기서 포기할까요? 안 할까요? 절대 안 합니다. 왜냐고요? 저에겐 바로 다음 칸이 있기 때문입니다."

아저씨는 가방을 들고 유유히 다음 칸으로 건너갔다. 남아있는 사람들은 거의 뒤집어 엎어졌다.

웃다가 생각해 보니 그 아저씨는 웃음만 준 것이 아니었다. 그 아저씨가 우리에 보여준 것 중 가장 중요한 것은 희망, 바로 희망이었다. 그 아저씨처럼 우리의 인생에도 누구에게나 주어진 다음 칸이 있다. 이처럼 누구에게나 다음 칸인 내일이 있기에 우리는 절대 포기하지 말아야 한다.

세상에서 가장 아름다운 것은 가정

家和萬事成 가화만사성
모든 일은 가정에서 비롯된다.

　　　　　어떤 화가가 세상에서 가장 아름다운 모습을 화폭에 그려보겠다고 마음먹고 찾아 나섰다. 그는 여행을 다니면서 이 사람 저 사람에게 세상에서 가장 아름다운 것이 뭐냐고 물어보았다. 하루는 어떤 목사님에게 물었다.

"세상에서 가장 아름다운 것이 무엇입니까?"

"믿음입니다."

이번에는 지나가는 군인을 붙들고 물었다.

"세상에서 가장 아름다운 것이 무엇입니까?"

"평화입니다."

이번에는 신혼여행을 떠나는 신혼부부에게 물었다.

"세상에서 가장 아름다운 것이 무엇이겠습니까?"

"사랑입니다."

화가는 세 가지 대답이 모두 마음에 들어 그것을 그리려고 붓을 들었다. 세 가지를 합쳐놓은 가장 아름다운 모습을 그리기로 했다. '이 세 가지를 합쳐서 어떻게 하나의 그림으로 그릴 수 있을까?'

아무리 생각하고 헤매다녀도 이 세 가지를 모두 모아놓은 그림을 찾을 수가 없었다.

오랫동안 돌아다니다가 결국 포기하고 아무것도 그리지 못한 채 집으로 돌아오게 되었다. 지친 몸으로 힘없이 문을 열고 들어서는데 아이들이 '아빠!' 하고 소리치며 달려와 안기는 것이 아닌가?

그때 화가는 아이들의 반짝이는 눈망울에서 믿음을 발견했다.

'아! 여기에 믿음이 있구나. 아이들은 여전히 나를 믿고 있구나.'

남편이 오랫동안 집을 비웠는데도 아내는 여전히 부드럽게 맞아 주었다.

화가는 아내의 따뜻한 환영에서 사랑을 발견했다.

그리고 아이들과 아내가 있는 집에서 오랜만에 지친 몸을 편안히 쉴 수 있었다. 아내의 사랑과 아이들의 믿음 속에서 평화를 얻은 것이다.

그 화가는 비로소 세상에서 가장 아름다운 것은 가정이라는 사실을 깨달았다.

화가는 아름다운 가정의 모습을 화폭에 담기 시작했다. 더는 아름다움을 찾아 헤맬 필요가 없게 되었다.

그걸 아낍니다

應接不暇응접불가
인사를 할 여유가 없다.

인사할 때 허리를 조금만 더 숙이면 더 정중해집니다. 그러나 그걸 아낍니다.

말 한마디라도 조금 더 친절하게 하면 듣는 사람은 기분이 좋을 텐데, 그걸 아낍니다.

도움을 준 사람에게 '감사합니다.'하면 참 좋을 텐데, 그걸 또 아낍니다.

실례했으면 '죄송합니다.'하면 참 좋을 텐데, 그걸 아낍니다.

오해했으면 '겸손하지 못한 제 잘못입니다' 하면 좋을 텐데, 그것도 아낍니다.

좋아하고 사랑하면 '당신을 좋아합니다, 당신을 사랑합니다.' 하면 좋을 텐데, 그걸 아낍니다.

칭찬의 말도 아끼고 격려의 말도 아끼고, 사랑의 말은 더욱더 아낍니다.

주어서 손해 볼 것도, 아까울 것도 없는데 이 모든 것을 우리는 오늘도 엄청나게 아낍니다. 이렇게 손해 볼 것도, 아까울 것도 없는데 이제는 아낄 것 없이 맘껏 표현하면서 살아가면 좋겠습니다.

'진실'은 나의 입술로,
'관심'은 나의 눈으로,
'봉사'는 나의 손으로,
'정직'은 나의 얼굴로,
'친절'은 나의 목소리로,
'사랑'은 나의 가슴으로.

아끼지 말고 살아있을 때 마음껏 사용합시다. 아낀다고 해서 남는 것은 아무것도 없습니다.

***

관리자를 줄여야 기업이 바로 선다

매일매일 쏟아지는 품의서 따위의 결재에 쫓겨 전체적인 상황에 대해 생각해 볼 시간적 여유나 마음의 여유가 없어진다. 이렇게 되면 조직은 전략이 없고 경영은 악순환에 빠질 우려가 커진다. 그러므로 경영자가 일상 업무로부터 해방되어 전략적인 과제들과 씨름할 수 있도록 결재계통과 업무의 범위를 과감히 축소하여야 한다.

기도가 만드는 기적들

同病相憐동병상련
같은 병을 앓는 사람끼리 서로 동정함

서울 성모병원 5층 수술실에서는 매일 아침 색다른 풍경이 펼쳐진다. 수술을 받을 20여 명의 환자가 들어오는 수술 준비실은 의료진의 손길로 분주하다.

이런 상황에서도 환자가 누워있는 침상마다 1분간 정적이 흐른다. 환자를 위한 수녀님의 기도가 있기 때문이다. 전신마취 수술에 임하는 모든 환자에게 수녀님이 다가가,

"제가 환자분을 위해 기도해드릴까요?"

종교와 상관없이 환자의 치유를 위한 것이다.

환자들은 백이면 백 모두 기도해달라고 한단다.

수녀님은 환자 옆에서 두 눈을 감고 두 손을 모으고 쾌유를 빌고, 의료진의 정성 담은 손길이 환자에게 닿기를 기원한다.

이 1분 기도에 뜻밖의 광경이 벌어진다.

40대 가장이 울음을 터뜨리고, 60대 엄마가 흐느끼고, 80대 할아버지가 눈시울을 적신다.

1분 동안 이들에게는 수십 년 인생이 주마등처럼 지나갈 것이다.

수술을 앞둔 환자들은 긴장한 탓에 혈압이 오르고 맥박이 빨라지는데, 기도가 끝난 뒤 환자들의 혈압과 맥박은 대개 안정되고, 기도를 들은 환자는 마취 유도제가 적게 들어간다는 말도 의료진 사이에서 나온단다. 1분 기도가 평온과 위로를 안기는 심혈관 안정제이자 불안마취제인 셈이다.

기독교 신앙에서 남을 위한 기도를 중재기도라고 하는데, 자신을 위한 기도나 남을 위한 기도나 똑같은 영적 에너지가 있다고 믿는다. 중재기도의 의학적 효과에 이견이 있을 수도 있다. 의료의 본질은 세심하고 꼼꼼한 진단과 치료가 무엇보다 중요하니까.

어찌 됐건 누군가의 기도에 혜택을 입었다는 주장은 있어도 기도가 질병을 악화시켰다는 연구는 찾아보기 어렵다. 기도에는 지나간 세월에 대한 회한이 있고, 살아갈 날들에 대한 희망이 있다. 당신은 누구를 위해, 무엇을 위해 절실하게 기도한 적이 있는가? 나를 위해, 가족을 위해, 이웃을 위해 기도한다면 세상은 더 따뜻해지고 행복해질 것이다.

작은 주머니에는 큰 것을 넣을 수 없다

燕雀鴻鵠知연작홍곡지
연작(제비와 참새)이 홍곡(큰기러기와 고니)의 뜻을 알겠는가!

작은 주머니에는 큰 것을 넣을 수가 없다. 짧은 두레박줄로는 깊은 우물의 물을 길어 올릴 수가 없다. 이처럼 그릇이 작은 사람은 큰일을 할 수 없다. 장자莊子의 가르침이다.

그릇의 크기는 바로 마음의 크기이며 그릇이 작고 크다는 것은 많이 배우고 적게 배우고가 아니라 그 사람의 됨됨이 즉, 마음 씀씀이가 어떤가에 달려있다. 스스로 큰마음을 갖고 있다고 생각하지만, 그것은 그 자신만의 생각일 뿐 남들은 그렇게 생각하지 않을 때가 많다. 자신만의 생각보다는 남의 눈에 어떻게 비치는가가 중요하다.

그래서 남의 눈에 잘 보이려고 애를 써보기도 하지만 사람마다 잣대가 다르고 생각하는 것이 다르니 이 또한 쉽지는 않다.

그럼 작은 사람과 큰사람의 차이는 무엇일까?

자신을 뒤로 물리고 남을 먼저 생각하는 사람? 손해를 보더라도 모두를 위할 줄 아는 사람과 그러지 못하는 사람? 함께 아파하고 함께 기뻐할 줄 아는 사람과 저 잘난 맛에 사는 사람? 많이 배우고 많이 가진 사람과 그렇지 못한 사람? 앞장서서 대중을 이끌어가려는 사람과 이끌려가는 사람? 스스로 괜찮은 사람이라고 자부하며 살아가는 사람과 남들이 그렇게 생각해주길 바라는 사람?

사람마다 생각하는 게 다 다를 것이고 사람을 보는 눈이 다 다르기에 무엇이 옳다고 단정 지을 수는 없지만, 그 모든 걸 뭉뚱그려 생각해 보면 자신의 마음속에 자신만 있는 사람과 여러 사람이 함께 있고 자신은 그중의 하나라고 생각하는 사람이 아닐까?

남의 눈에 어찌 보이든 세상에 자기 스스로 작은 사람이라고 생각하는 사람은 드물 것이다. 하지만 타인의 눈으로 보듯 냉철하게 자신을 들여다보는 시간을 자주 갖는다면 자신의 마음 크기를 잴 수 있고 자신의 그릇이 어떤지 볼 수 있게 될 것이다.

나는 결코 아니라고 생각했는데 어느 순간 자신이 생각했던 것과는 달리 얼굴이 붉어질 만큼 민망하게 작은 마음을 보고 놀랄 때가 있다. 자신을 볼 수 있다는 건 작은 마음을 더 넓히고 키울 기회가 되니 자기성찰을 반복한다면 쉽진 않아도 작은 나를 벗어날 수 있을 것이다.

내가 생각해도 남의 눈에도 세상을 잘 살아가고 있다고 할 수 있으며 눈을 크게 뜨고 세상을 바라보는 일도 중요하지만, 마음의 눈을 더 크게 뜨고 자신을 속속들이 들여다보는 자세가 필요하다.

옳고 그름을 가려내는 지식도 필요하겠지만 더 중요한 것은 무엇이 최선인지 볼 줄 아는 지혜다.

지혜롭게

先發制人선발제인
먼저 착수하여 상대를 제압한다.

「당신이 만약 쇳덩어리 하나를 그대로 그냥 팔면 5천 원가량 받을 것이다. 만약 당신이 그 쇳덩어리를 가지고 말발굽을 만들어 판다면 1만 원까지 가치를 높여 팔 수 있을 것이다. 그런데 말발굽 대신 바늘을 만들어 팔면 5백만 원을 받을 수 있을 것이고, 시계의 부속품인 스프링을 만들어 판다면 5억 원까지 그 값어치를 높일 수 있을 것이다.」

만화가로, 인류학자로, 사업가로, 야구선수로 활약했던 미국인 로버트 리플리(1890~1949)가 남긴 명언이다.

똑같은 원료를 갖고 있더라도 어떻게 사용하는가에 따라 쓰임새와 가치가 달라질 수 있음을 강조한 말이다.

1년은 12개월, 365일, 8,760시간. 의미 있는 숫자다. 이 엄청난 시간을 누가 주었는가? 이 시간은 부자나 지식인에게만 주어진 것이 아니고, 권력 있는 자에게만 주어진 것도 아니다. 남자나 여자, 노인이나 어린이 모두에게 똑같이 매일 24시간이 주어졌다.

우리는 이 시간을 얻기 위하여 특별히 한 일도 없다. 1초를 얻기 위하여 내가 한 것은 아무것도 없다. 그러므로 세월을 아껴야 한다. 하지만 아무 의미 없이 시간을 죽인다면 바로 내 인생을 죽이는 것이나 마찬가지다.

어느 노 교수님이 옛 제자들한테 "이렇게 아흔까지 살 줄 알았다면 이렇게 살지 않았을 것일세. 65세에 대학교수직을 은퇴하고 죽을 날만 기다리며 덤으로 산 25년 세월이 참으로 아깝네. 자네들은 그렇게 살지 말게나."

5천 원 인생으로 사느냐, 5억 원 인생으로 사느냐 하는 것은 우리가 선택하기에 달려있다.

인생 전반전을 어떻게 살았든 남은 후반전이 더 중요하다. 전반전에 실수하고 무의미하게 보냈다면 후반전은 멋지게 마무리할 수 있는 시간과 여건이 충분하다.

지금도 시간은 멈추지 않고 흐르고 있다. 이 시간을 값지게 사용할 때 우리의 인생은 달라질 것이다. 인생 후반전을 명품으로 멋지게 살아보자.

선택의 갈림길

首鼠兩端수서양단
쥐구멍에서 망설이는 쥐의 모습

여객선이 항해하다 큰 폭풍을 만났다. 배는 곧 난파됐고 항로를 잃고 헤매다 어느 무인도에 도착했다. 승객들 모두 목숨은 건졌으나 고칠 수 없을 정도로 부서진 배로는 집으로 돌아갈 수 없었다.

불행 중 다행인 것은 배 안에 충분한 식량과 씨앗이 남아있는 것이었다. 사람들은 언제 구조될지 모르는 상황인지라 미래를 위해 땅에 씨앗을 심어두기로 했다. 그런데 씨앗을 심기 위해 땅을 파기 시작하자 놀랍게도 땅속에서 황금 덩이가 쏟아져 나오는 것이었다. 사람들은 황금을 보자 씨앗 심는 일을 모두 잊고, 황금을 캐는 데만 열중했다. 어느덧 황금은 더미를 이뤘고, 몇 달 치의 식량은 바닥을 드러냈다.

그때야 사람들은 씨앗을 심지 않았기 때문에 더는 먹을 식량이 없다는 것을 깨닫게 되었다.

평생 두고 읽어도 좋은 글

實事求是실사구시
일을 참답게 하여 옳은 것을 찾음

게으른 사람에겐 돈이 따르지 않고, 변명하는 사람에겐 발전이 따르지 않고, 거짓말하는 사람에겐 희망이 따르지 않고, 간사한 사람에겐 친구가 따르지 않는다. 자기만 생각하는 사람에겐 사랑이 따르지 않고, 비교하는 사람에겐 만족이 따르지 않는다.

먹을 것이 없어 굶는 이도 딱하지만, 먹을 것을 두고도 이가 없어 못 먹는 이는 더 딱하다. 짝없이 혼자 사는 이도 딱하지만, 짝을 두고도 정 없이 사는 이는 더 딱하다.

땅은 절대 거짓말하지 않는다. 채송화 씨를 뿌리면 채송화를 피우고, 나팔꽃 씨를 뿌리면 나팔꽃을 피운다. 정성은 절대 거짓말하지 않는다. 나쁜 일에 정성을 들이면 나쁜 결과가 나타나고, 좋은 일에 정성을 들이면 좋은 결과가 나타난다.

잘 자라지 않는 나무는 뿌리가 약하기 때문이고, 잘 날지 못하는 새는 날개가 약하기 때문이다. 행동이 거친 사람은 마음이 비뚤어졌기 때문이고, 불평이 많은 사람은 마음이 좁기 때문이다.

숙명여자대학 초대학장 임숙재

螢雪之功형설지공
반딧불과 눈빛으로 이룬 공

충남 예산에 꽃다운 처녀가 있었다. 이 처녀가 17살에 연지곤지 찍고 시집을 갔는데 시집간 지 2년 만에 서방이 갑자기 죽어 채 피지도 못한 열아홉 살 나이에 과부가 되었다.

마을 사람들이 그를 볼 때마다 "불쌍해서 어쩌나. 나이가 아깝네." 하면서 위로해 주었지만 열아홉 살 과부는 죽은 서방이 너무도 원망스럽고 서러워 울기도 많이 울었다.

그러던 어느 날 마음을 다잡아 먹고 거울 앞에 앉아 긴 댕기 머리를 사정없이 잘라버렸다. 젊은 과부가 마을 어르신들에게 듣는 동정의 말들이 너무 부담스럽기도 했지만, 자신의 기구한 운명을 헤쳐 나갈 방도를 곰곰이 생각했다. 서방도 없고 자식도 없는 시댁에 더는 머무를 수도 없었고 무언가 새로운 길을 모색해야 했다. 친정으로 돌아간들 뾰족한 수가 있는 것도 아니어서 무작정 서울 가는 열차에 몸을 실었다.

낯설고 물선 서울 생활이 그리 녹록한 것은 아니었다. 그렇지만 이를 악물고 닥치는 대로 일을 했다. 식당에서 설거지도 하고 남의 집 빨래도 하며 차츰차츰 서울 물정에 눈을 떴을 때 지인의 소개로 어느 부잣집 가정부로 들어가게 되었다.

그녀는 그 집에서 밤낮으로 죽기 살기로 일했다. 그러자 마음씨 좋은 주인 어르신께 인정받았다. 어느 날 주인 어르신께서 나이도 젊은데 무언가 하고 싶은 일이 있으면 말하라 해서 조심스럽게 두 가지를 말씀드렸다.

하나는 "늦었지만 야간 학교에라도 가서, 공부하고 싶다."라고 했고, 또 하나는 "주일날이면 꼭 교회에 갈 수 있게 해 달라"고 했다.

그러자 마음씨 좋은 주인 어르신께서 정말 기특한 생각을 했다며 젊은 과부의 소박한 소원을 들어주었다. 그래서 숙명여학교 야간부에 입학했는데 주인어른의 후광도 있고, 일하고 잠자는 시간 틈틈이 보아온 신학문이 큰 도움이 되었다. 또 주일날에도 빠지지 않고 교회에 갈 수 있었다.

그녀는 주인어른의 큰 은혜에 감읍感泣하여 낮에는 집에서 가정부 일을 두 배로 더 열심히 했고 밤에는 학교에서 죽기 살기로 공부했다. 그러다 보니 최우수 학생이 되었고 나중에는 그녀의 실력과 성품을 인정받았다. 학교에서 일본으로 유학을 보내주었다.

유학생 신분으로 일본에 가게 된 젊은 과부는 너무도 기뻤고 감사했다. 주인어른께도 감사했고 학교에도 감사했다. 그래서 더욱 열심히 공부했고 노력해서 소정의 과정을 마치고 귀국하였다. 본국으로 건너와 당시 조선총독부 장학사로 일하다가 해방과 함께 학교를 세우게 되었으니 그가 바로 숙명여자대학 초대학장이 된 '임숙재' 선생이시다.

마무리

疑心暗鬼의심암귀
의심은 판단을 흐리게 한다.

　　아름다운 마무리는 처음의 마음으로 돌아가는 것이다. 삶의 과정에서 잃어버린 초심을 회복하는 것이다.

　아름다운 마무리는 나에게 의문을 던지는 것이다. 삶의 순간마다 나의 갈 길을 살펴보며 나아갈 때 마무리가 이루어진다.

　아름다운 마무리는 내려놓음이다. 내려놓음은 결과를 뛰어넘어 초심을 지킬 수 있는 마음에 이를 때 가능하다.

　아름다운 마무리는 원래의 나를 다시 찾는 것이다. 채움만을 위해 달려온 생각을 비워가는 것이다.

　아름다운 마무리는 기쁨을 주는 것이고 그로 인해 자신이 기쁨을 찾는 것이다.

　아름다운 마무리는 살아온 날들에 대해 찬사를 보내는 것이다. 타인의 상처를 치유하고 잃어버렸던 나를 찾는 수많은 생각과 행위를 통하여 세상의 관계에서 나 홀로 설 수 있다.

배려와 겸손을 가르쳐라

知子莫如父 지자막여부
자식은 아버지를 보면 안다.

일본의 부모들은 자녀에게 어느 장소에서든 남에게 폐를 끼치는 행동을 하지 말라며 훈계한다. 미국의 부모들은 자녀에게 남한테 양보하라고 가르친다.

그에 반해, 한국의 부모들은 남에게 지지 말라고 가르친다. 우리에게 왜 배려와 겸손이 쉽게 자리 잡지 못하는가를 알려주는 이야기 같다.

욕심은 부릴수록 더 부풀고, 미움은 보탤수록 더 분하고, 아픔은 되씹을수록 더 아리며, 괴로움은 느낄수록 더 깊어지고, 집착은 할수록 더 질겨지는 것이니 부정적인 일들은 모두 지우는 게 좋다.

칭찬은 해줄수록 더 잘하게 되고, 정은 나눌수록 더 가까워지며, 사랑은 베풀수록 더 애틋해지고, 몸은 낮출수록 더 겸손해지며, 마음은 비울수록 더 편안해진다.

평범한 일상 속에서도 언제나 감사하는 마음으로 즐겁고 밝게 사는 것보다 더 좋은 것이 어디 또 있을까?

눈물과 함께 빵을 먹는 자가 아니고는 생의 맛을 알지 못한다.

-노먼 필

인생 칼럼 모음

삶의 쉼터

인생

길

日暮途遠일모도원
날은 저물고 길은 멀다.

길은 끝이 없다. 사람의 마음도 끝이 없다. 모든 것이 내가 살아있을 때 가능한 것이다.

부모님의 길, 가족의 길, 친구들의 길, 다 다른 것 같으면서도 다 같은 나의 인생이다.

길은 영원할 것 같으면서도 영원하지 않다. 그것 또한 내가 살아있을 때 가능한 일이기 때문이다.

부모와의 이별도, 가족과의 이별도, 친구들과의 이별도, 다 다른 것 같으면서도 다 같은 나의 고통이다.

그것이 시간이고 그것이 운명이다. 영원할 것 같은 길 시간과 인생은 살아있을 때 가능한 것이다.

건강할 때 자주 만나고 걸을 수 있을 때 좋은 추억 만들며 아름다운 관계를 이어가자.

산다는 건 별거 아니더라. 나 살아있어야, 나 건강해야 세상도 존재하는 것. 떠나고 나면 아무것도 없다.

기다려주는 사랑

欲速不達욕속부달
너무 서둘러 일이 진척이 안 됨

어린 여자아이가 양손에 사과를 들고 있었다.

아이의 엄마가, "네게 사과가 두 개 있으니 하나는 엄마 줄래?"라고 말했다.

그러자 아이는 고개를 갸웃거리더니 왼손의 사과를 한 입 베어물었다. 그리고 엄마를 빤히 바라보다가 이번에는 오른손의 사과를한 입 베어 물었다.

엄마는 깜짝 놀랐다. 아이가 이렇게 욕심이 많은지 미처 몰랐다.

그런데 아이는 잠시 뒤 왼손을 내밀면서, "엄마! 이거 드세요. 이게 더 달아요." 하였다.

이 아이는 진정으로 사랑이 많은 아이였다.

만약 엄마가 양쪽 사과를 베어 무는 아이에게 당장 '못된 것! 너는왜 이렇게 이기적이니?'라고 화를 냈다면 어떻게 되었을까?

섣부르게 판단하고 행동하면 아픔과 상처가 남을 수밖에 없다. 조금 기다리는 것, 그것이 바로 사랑이다.

부부夫婦의 정情

琴瑟相和금슬상화
거문고와 비파의 음이 화합하다.

참으로 영원할 것 같고 무한할 것 같은 착각 속에
지내고 보면 찰나인 것을 모르고, 어이없게도 꽃길 같은 아름다운
행복을 꿈꾸며 우리는 부부라는 인연을 맺고 살아간다.

얼마 전 병문안 드릴 곳이 있어 모 병원 남자 6인 입원실을 찾았
다. 암 환자 병동이었는데, 환자를 간호하는 보호자는 대부분 환자
의 아내들이었다.

옆의 여자 병실을 일부러 누구를 찾는 것처럼 찾아 들어가 눈여겨
살펴보았다. 거기에는 환자를 간호하는 보호자 대부분이 할머니를
간호하는 할아버지가 아니면 아내를 간호하는 남편이었다.

늙고 병들면 자식도 다 무용지물, 곁에 있어 줄 존재는 오로지
아내와 남편뿐이라는 사실을 깊이 느꼈다.

간혹 성격 차이라는 이유로, 아니면 생활고나 과거를 들먹이며
부부관계를 가볍게 청산하는 부부도 있지만, 임들이여, 너무 서두
르지 마시라. 우리는 언젠가는 갈라져야 할 운명이다. 다만 신께서
때를 말하지 않았을 뿐이다.

젊음은 찰나일 뿐 결국 남는 것은 늙어 병든 육신뿐으로 고독한 인생 여정이 이어진다는 사실을 알아야 한다.

한때는 잘 나가던 권력자나 대기업가라도 예외는 아닐 것이다. 권력의 뒤안길에서 그들이 지금 누구에게 위로받겠는가. 종국에는 아내와 남편뿐이리라.

부귀영화를 누리며 천하를 호령하던 이들도 종국에 곁에 있어 줄 사람은 아내와 남편뿐이다.

오늘 저녁에는 희미한 조명 아래 손을 가볍게 맞잡으며 아내는 남편에게, 남편은 아내에게 '사랑했노라, 고생했노라' 더 늦기 전에 한 번 해볼 일이다. 혹 용기가 나지 않는다면 한 잔 술의 힘을 빌려서 라도 말이다.

그리하면 주마등 같은 지난 세월에 부부의 두 눈은 말도 잃고 촉촉해질 것이다.

당신의 시간

白髮三千丈백발삼천장
흰 머리털이 삼천 장이나 되다.

'뉴욕은 캘리포니아보다 3시간 빠르다. 그렇다고 캘리포니아가 3시간 뒤처진 것은 아니다. 그냥 뉴욕은 뉴욕의 시간, 캘리포니아는 캘리포니아의 시간일 뿐이다.

어떤 사람은 다른 사람보다 2년 빠른 22세에 대학을 졸업했다. 하지만 좋은 일자리를 얻기 위해 5년을 기다렸다.

어떤 사람은 일찌감치 25세에 CEO가 되었다. 그리고 많은 재산을 모으고 유복하게 살았다. 그러나 애석하게도 50세에 사망했다.

반면 또 어떤 사람은 50세에 CEO가 되었다. 그리고 90세까지 천수天壽를 누렸다.

어떤 사람은 40세인데 아직도 미혼이다. 반면 다른 어떤 사람은 결혼해서 그 나이에 자녀가 셋이다.

오바마는 55세에 미국 대통령직에서 은퇴했다. 그러나 바이든은 79세에 시작했다.

세상의 모든 사람은 자기 자신의 시간대에서 일한다. 누구는 빠르고 누구는 늦은 게 아니다. 뉴욕이 캘리포니아보다 빠른 게 아닌 것처럼 그냥 모두 제 시간일 뿐이다.

당신 주위에 있는 사람들이 당신을 앞서가는 것처럼 느껴질 수 있다. 어떤 사람들은 당신보다 뒤처진 것 같기도 하다. 하지만 모두 자기 자신의 시간에 맞춰서 가고 있는 것뿐이다.

그런 사람들을 부러워하지도 미워하지도 말고, 시샘하지도 말자. 그들은 자신의 시간대에 있을 뿐이고, 당신은 당신의 시간대에 있는 것뿐이다. 당신이 최고다.

***

조직적인 계획을 세워라

뿌리지 않은 씨는 싹이 트지 않듯 모든 일은 씨를 뿌리는 데서부터 시작된다. 그다음에 기후, 물, 바람과 같은 환경, 꽃을 피우고 열매를 맺는 데 필요한 조건을 갖추는 것이다.

어떤 사람이건 자기가 좋아하는 일, 즐거운 일, 적합한 일이라면 능력을 100% 이상 발휘할 수 있다.

그런 분야의 지위를 얻고 싶을 때는 다음과 같이 해야 한다.

1. 어떤 직업, 직종에 종사하고 싶은가를 확인한다.
2. 일하고 싶은 장소를 선택한다.
3. 희망하는 근무처, 경영자, 상사에 대한 인상을 조사한다.
4. 자신의 재능, 능력을 분석하고 할 수 있는 일을 생각한다.
5. 직업이니까 나태한 생각은 버린다.

인생살이 살다 보면 고마움의 연속

樂不思蜀낙불사촉
즐거워서 촉을 생각하지 않는다.

'이 세상에 내 것은 하나도 없다.' 매일 세수하고 목욕하고 양치질하고 멋을 내어보는 이 몸뚱이를 '나라고' 착각하면서 살아갈 뿐이다.

우리는 살면서 이 육신을 위해 돈과 시간, 열정, 정성을 쏟아붓는다. 예뻐져라, 멋져져라, 섹시해져라, 날씬해져라, 병들지 마라, 늙지 마라, 제발 죽지 마라.

하지만 이 몸은 내 의지와 간절한 바람과는 다르게 살찌고, 야위고, 병이 들락거리고, 노쇠하고, 암에 노출되고, 기억이 점점 상실되고, 언젠가는 죽게 마련이다.

이 세상에 내 것은 하나도 없다. 아내가 내 것인가? 자녀가 내 것인가? 친구들이 내 것인가? 내 몸뚱이도 내 것이 아닐진대 누구를 내 것이라 하고 어느 것을 내 것이라고 할까?

모든 것은 인연으로 만나고 흩어지는 구름인 것을. 미워도 내 인연, 고와도 내 인연, 이 세상에서 누구나 짊어지고 있는 고통인 것을.

피할 수 없으면 껴안아서 내 체온으로 다 녹이자. 누가 해도 할 일이라면 내가 하겠다고 스스로 나서서 기쁘게 일하자. 언제 해도 할 일이라면 미적거리지 말고 지금 당장 하자.

오늘 내 앞에 있는 사람에게 정성을 다 쏟자. 운다고 모든 일이 풀린다면 온종일 울겠다. 짜증 부려 일이 해결된다면 온종일 얼굴 찌푸리겠다. 싸워서 모든 일이 잘 풀린다면 누구와도 미친 듯 싸우겠다.

그러나 이 세상일은 풀려가는 순서가 있고 순리가 있다. 내가 조금 양보한 그 자리, 내가 조금 배려한 그 자리, 내가 조금 낮춰 놓은 눈높이, 내가 조금 덜 챙긴 그 공간, 이런 여유와 촉촉한 인심이 나보다 더 불우한 이웃은 물론 다른 생명체들의 희망공간이 될 것이다.

나와 인연을 맺은 모든 사람이 눈물겹도록 고맙다. 가만히 생각해보면 이 세상은 정말 고마움과 감사함의 연속이다.

세월은 도둑놈

古稀고희
고래로 칠십까지 사는 것은 드물다.

어디서 왔다가 어디로 가는 것인지
자고 일어나보면 그날이 그날인 것 같더니
이팔청춘 보이지 않는다.
아마도 세월이란 놈이 훔쳐간 것 같으니
그놈은 도둑놈이다.
모든 이가 잠든 사이 몰래몰래 살며시 와서
하루, 이틀, 한 달, 두 달, 1년, 2년 훔쳐가더니
오늘 아침 일어나보니
칠십 년도 넘게 가져가 버렸다.
세월은 도둑놈인가보다.
이제는 세월이란 놈이 시간마저 가져가 버리는 바람에
내가 쓸 시간이 조금밖에 없다.
그동안 세월에 속고 속아 살다가 보니
세월이란 놈 하는 행동이 눈에 보인다.
도둑맞은 이팔청춘 찾으러 가자.

현명한 삶

千金買笑천금매소
천금을 주고 웃음을 사다.

운동을 위해 시간을 내지 않으면
병 때문에 시간을 내야 할지도 모른다.
운동은 하루를 짧게 하지만 인생을 길게 한다.
운동은 건강 지킴이다.
잘못 놓인 그릇에는 억수 비가 내려도 물이 담길 수 없고
제대로 놓인 그릇에는 가랑비에도 물이 고인다.
귀에 들린다고 다 생각에 담지 말고
눈에 보인다고 다 마음에 담지 마라.
담아서 상처가 되고 들어서 득이 없는 것은 흘려버려라.
눈을 뜨고 있어야 예쁜 것들을 마음에 가져올 수 있고
귀를 열어놓아야 즐거운 노래를 들을 수 있다.

세상에는 슬픈 일보다 기쁜 일이 더 많기에 웃으며 사는 것이다.

오늘이 가고 나면

完璧완벽
구슬을 온전히 한다.

　　　　오늘이 가면 내일이 온다기에 일찍 잠자리에 들
었는데 아침에 눈을 떠보니 내일은 간데없고 오늘만 있다. 하지만
이제는 알 것 같다. 오늘은 내일의 발판이고 내일은 오늘의 희망이
라는 것을.
　너무 잘하려 하지 마라.
　그게 다 나를 힘들게 하는 일이다.
　너무 완벽하게 하려 하지 마라.
　그게 다 나에게 고통을 주는 일이다.
　너무 앞서가려 하지 마라.
　그게 다 나를 괴롭히는 일이다.
　너무 아등바등 살려 하지 마라.
　그게 다 나에게 스트레스를 주는 일이다.

　조금 가볍게 살아가도 나쁠 건 없다. 오늘은 조금 더 여유로운
삶을 살아보자.

일 년을 시작할 때는

運籌帷幄운주유악
장막 속에서 산가지를 놀린다.

하루를 시작할 때는 '사랑'을 생각하세요. 오늘 누구에게 내 사랑을 전할까 생각하세요. 하루가 끝날 때 당신에게 남는 것은 '오늘 한 일'이 아니라 '오늘 전한 사랑'입니다.

일주일을 시작할 때는 '웃음'을 생각하세요. 일주일은 밝은 마음을 그대로 유지할 수 있는 적당한 시간입니다. 일주일이 끝날 때 당신에게 남는 것은 '걱정한 일'이 아니라 '밝게 웃은 일'입니다.

한 달을 시작할 때는 '믿음'을 생각하세요. 한 달은 내가 확신하는 일을 실천하기에 좋은 시간입니다. 한 달이 끝날 때 당신에게 남는 것은 '의심했던 일들'이 아니라 '믿고 행한 일들'입니다.

일 년을 시작할 때는 '새로운 꿈'을 생각하세요. 일 년은 꿈을 심고 가꾸기에 넉넉한 시간입니다. 일 년이 끝날 때 당신에게 남는 것은 '계속하던 많은 일'이 아니라 '새로 시작한 한 가지 일'입니다.

초월

清談청담
명예와 이권을 떠난 얘기

탓하지 마라.
바람이 있기에 꽃이 피고 꽃이 져야 열매가 맺거늘,
떨어진 꽃잎 주워들고 울지 마라.
저 숲, 저 푸른 숲에 고요히 앉은 한 마리 새야, 부디 울지 마라.
인생이란 희극도 비극도 아닌 것을.
산다는 건 그 어떤 이유도 없음이야.
세상이 내게 들려준 이야기는 부와 명예일지 몰라도
세월이 내게 물려준 유산은 정직과 감사였다네.
불지 않으면 바람이 아니고
늙지 않으면 사람이 아니고
가지 않으면 세월이 아니지.
세상엔 그 어떤 것도 무한하지 않아
아득한 구름 속으로 아득히 흘러간 내 젊은 한때도
그저 통속한 세월의 한 장면일 뿐이지.

그대, 초월이라는 말을 아는가?

노년이라는 나이,

눈가에 자리 잡은 주름이 제법 친숙하게 느껴지는,

삶의 깊이와 희로애락에 조금은 의연해질 수 있는,

잡아야 할 것과 놓아야 할 것을 깨닫는 나이,

눈으로 보는 것뿐만 아니라 가슴으로 삶을 볼 줄 아는,

자신의 미래에 대한 소망보다는 자식의 미래와 소망을 더 걱정하는 나이,

여자는 남자가 되고 남자는 여자가 되어가는,

밖에 있던 남자는 안으로 들어오고 안에 있던 여자는 밖으로 나가려는,

여자는 팔뚝이 굵어지고 남자는 다리에 힘이 빠지는,

나이를 보태기보다 빼기를 좋아하는,

이제껏 마누라를 이기고 살았지만, 이제부터는 마누라에게 지고 살아야 하는 나이,

뜨거운 커피를 마시고 있으면서도 가슴에는 한기를 느끼는,

먼 들녘에서 불어오는 바람 한 줌에도 괜스레 눈시울 붉어지는,

겉으로는 많은 것을 가진 것처럼 보이나 가슴속은 텅 비어가는 나이.

다섯 가지가 즐거워야 삶이 즐겁다

仰天大笑앙천대소
하늘을 우러르며 크게 웃음

다섯 가지가 즐거워야 삶이 즐겁다.

첫째, 눈이 즐거워야 한다.

눈을 즐겁게 하려면 좋은 경치와 아름다운 꽃을 보아라. 그러기 위해서 여행을 자주 하라. 여행하면서 아름다운 경치와 꽃을 보라. 가능하면 해외나 국내 여행을 자주 하라. 외국 사람들은 돈 벌어 어디에 쓰느냐고 물으면 여행하기 위해 번다는 사람 많다. 여행은 휴식도 되고 새로운 에너지를 충전하는 기회도 된다. 꼭 여행만이 눈이 즐거운 건 아니다. 개인에 따라 여행이 여의치 않다면 하루 중 짬 나는 대로 웃기는 글이나 사진 보면서 맘껏 웃는 시간을 가져라. 그게 바로 즐겁게 사는 것이리니.

둘째, 입이 즐거워야 한다.

입을 즐겁게 하려면 맛있는 음식을 먹어라. 금강산도 식후경이란 말이 있지 않은가. 어찌 보면 먹는 것이 제일 중요하다. 몸을 유지하기 위해 몸에 필요한 영양소를 골고루 섭취하라. 식도락가는 아니라도 미식가는 되어라. 미식가는 맛있는 음식을 찾아라. 지방마다 유명한 향토 음식이 있으니 특별한 향토음식점을 미리 알아보고 찾아가라.

셋째, 귀가 즐거워야 한다.
귀를 즐겁게 하려면 아름다운 소리를 들어라. 계곡의 물소리도 좋고 이름 모를 새소리도 좋다. 좋아하는 가수의 음악을 감상하라. 귀가 즐거워지리니. 조용히 음악을 감상하라. 정서에 좋으리니. 음악을 즐겨라. 그런 사람치고 마음이 곱지 않은 사람 없으니.

넷째, 몸이 즐거워야 한다.
몸을 즐겁게 하려면 체력과 소질에 맞는 운동을 해라. 취미에 따라 적당한 운동을 하면 건강에도, 몸에도, 마음에도 좋으리니.

다섯째, 마음이 즐거워야 한다.
마음을 즐겁게 하려면 남에게 베풀어라. 가진 것이 많아야 베풀수 있는 건 아니다. 능력 따라 베풀어라. 남에게 베풀 때 정말 흐뭇하리니 마음으로라도 베풀어라. 남을 칭찬하는 것도 베풂이다. 마음이 즐거우면 진정 즐거우리니.

오해와 편견

天道是非천도시비
하늘을 의심한다.

필리핀에서 사업을 하는 한국인 동료 세 명이 한집에 살았는데, 현지인 가정부를 두었다.

가정부는 청소와 요리를 해주었고, 그녀가 해주는 일은 한 가지만 빼고 마음에 쏙 들었다.

그들은 집에 있는 술병의 술이 조금씩 줄어든다는 걸 눈치채고, 가정부가 몰래 홀짝홀짝 마시는 것이 아닌지 의심하기 시작했다. 진상을 밝히기 위해 남은 술이 얼마나 되는지 술병에 표시해 두고 술이 줄어드는지 확인했는데, 분명히 술은 줄어들고 있었다.

어느 늦은 밤, 그들은 골프 모임을 마치고 좋은 기분으로 집에 돌아왔다. 자기 직전 한 잔 더 하려다 술병의 술이 자꾸 줄어들었던 것이 떠올랐다. 취기가 좀 도는 상태라 그들은 가정부에게 따끔한 맛을 보여 줘야겠다고 생각하고, 술이 남은 병에 오줌을 채워 넣었다. 그걸 선반 위에 도로 갖다 놓고 어떻게 되는지 두고 보았다.

며칠이 지났는데 술병의 술은 여전히 줄어들고 있었다.

그들은 가정부에게 사실대로 말하기로 했다. 그래서 가정부에게 자기들 술을 마셨느냐고 물으니, 가정부의 대답은 '전 마시지 않았습니다. 음식 만들 때 썼는데요.'이었다.

마음에 들지 않는 상황이 생기면 서로 대화를 통해서 풀어야 한다. 문제는 소통하지 않고 자기만의 세계에 빠져 편견을 가진 채 판단하는 것이다. 그리고 나쁜 결과는 자기 자신에게로 부메랑이 되어 그대로 되돌아온다. 오해와 편견이 얼마나 많은 사람에게 아픔과 상처를 가져다주는지 잊지 마라.

살아가면서 서로 믿고 편하게 터놓고 진실하게 대화한다면, 아주 쉬운 일을 어렵게 만들고 있는 건 아닌지, 한번 생각해 보라.

***

잠재의식을 활용하라

1. 당신의 잠재의식은 잠자는 거인과도 같다. 당신의 내부에서 잠자고 있는 잠재의식을 깨워 움직이게 한다면 쉽게 목적을 이룰 수 있다.
2. 당신은 잠재의식을 실패의식 또는 성공과 부의 의식으로 키워나갈 수 있다. 그 선택은 바로 당신의 몫이다.
3. 일곱 가지 소극적 감정이 무엇인가를 깨닫고 그것이 마음속에 뿌리 박지 못하리라고 믿는다.
4. 전지전능한 에너지는 기도에 대한 대답이 주어지도록 당신을 도울 것이다.

인생초로人生草露

六事自責육사자책
여섯 가지로 자책하다.

'인생초로人生草露' <한서> '소무전'에 나오는 말
이다. '풀 초草, 이슬 로露' 인생은 풀에 맺힌 이슬과 같다는 뜻이다.
아침 풀잎에 맺혀있는 이슬은 햇볕이 나면 흔적도 없이 사라지고
만다.

노자는 <도덕경>에서 세상을 살면서 버려야 할 몇 가지를 제시하
고 있다.

1. 교기驕氣

   내가 최고라는 교만한 마음을 버려야 한다.

2. 다욕多慾

   내 마음에 담을 수 없을 만큼의 지나친 욕심을 버려야 한다.

3. 태색態色

   잘난 척하려는 표정을 버려야 한다.

4. 음지淫志

   모든 것을 내 뜻대로 해보려는 욕심을 버려야 한다.

풀잎에 맺힌 이슬과 같이 잠깐 왔다 허무하게 가는 인생에서 이런 것들에 대한 지나친 집착이 우리의 마음을 방황과 번민에서 헤어나지 못하게 한다.

'인생초로人生草露'라, 어차피 인생이란 잠시 풀잎에 맺혔다가 소리도 없이 사라지는 이슬과 같은 것. 그 찰나의 순간을 살다 가면서 과연 우리는 무엇을 마음에 담아야 하고 무엇을 내려놔야 할까?

'우리가 인생을 살아가면서 하지 말아야 할 다섯 가지'와 '해야 할 다섯 가지'가 있다. 이 열 가지가 우리의 삶을 결정짓는다.

하지 말아야 할 다섯 가지
 1. 원망하지 말 것
 2. 자책하지 말 것
 3. 현실을 부정하지 말 것
 4. 궁상떨지 말 것
 5. 조급해하지 말 것

해야 할 다섯 가지
 1. 자신을 바로 알 것
 2. 희망을 품을 것
 3. 용기를 낼 것
 4. 책을 읽을 것
 5. 성공한 모습을 상상하고 행동할 것

꿈같은 인생 날마다 즐겁게

南柯一夢남가일몽
남쪽 나뭇가지 아래의 꿈

　　　내가 10대였을 때 60대는 할머니인 줄 알았고,
내가 20대였을 때 60대는 아주머니인 줄 알았고,
내가 30대였을 때 60대는 어른인 줄 알았고,
내가 40대였을 때 60대는 대선배인 줄 알았으며,
내가 50대였을 때 60대는 큰언니인 줄 알았지.
막상 내가 60대가 되어보니 60대도 매우 젊은 나이였어. 항상
멀게만 느껴지고 아득하게 보이던 60줄의 맨 끝에 올라서고는 왠지
모르게 심장이 쿵 내려앉았는데 어김없이 그 해도 지나가고 70대도
이렇게 소리 없이 나에게 친한 척 찾아왔네.

　　인생은 '일장춘몽'이라, 하룻밤 꿈같다고 누가 말했던가.
흐르는 세월 따라 희미해진 그 얼굴들이 왜 이렇게 떠오르는지...
정다웠던 그 목소리, 보고 싶던 그 얼굴들 지금은 어디로 갔는지
그리움에 젖어 쏟아지는 달빛 속에서 찾아 헤매네.

여보세요, 벗님들!
인연 따라 이 세상에 잠시 왔다가
인생살이 마치고 나면
그 누구랄 것 없이 다 그렇게 떠나는 삶 아니던가요.

냇물이 흘러 강으로 가듯
우리네 인생도 돌고 돌다가 어느 순간 딱 멈추어지면
주머니도 없는 옷 한 벌 입고
달랑 빈손으로 떠나야 하는 삶 아닌가요.

여보세요, 벗님들!
인연이 다하면 떠나야 하는 우리의 삶,
길어야 수십 년!
잠시 살다가는 꿈같은 인생 서로서로 사랑하며 살아요.
한 번 떠나면 다시 못 올 인생인데 서로 다독이면서 살아가요.
미련이야 있겠지만 후회도 많겠지만
이제부터라도
먹고 싶은 것 다 먹고
가 보고 싶은 곳 다 가 보고
하고픈 것 다 해가며
멋지게, 즐겁게 살아요.

인연을 붙이기는 어려워

洛陽紙貴낙양지귀
낙양에 종이가 귀해지다.

　　　　　종이를 찢기는 쉽지만 붙이기는 어렵듯,
인연도 찢기는 쉽지만 붙이긴 어렵다.
마음을 닫고 입으로만 대화하는 건,
서랍을 닫고 물건을 꺼내려는 것과 같다.
살얼음의 유혹에 빠지면 빠져 죽듯이,
설익은 인연에 함부로 기대지 마라.
젓가락이 반찬 맛을 모르듯
생각으론 행복의 맛을 모른다.
사랑은 행복의 밑천
미움은 불행의 밑천이다.
무사武士는 칼에 죽고, 궁수弓手는 활에 죽듯이,
혀는 말에 베이고, 마음은 생각에 베인다.
한 방향으로 자면 어깨가 아프듯,
생각도 한편으로 계속 누르면 마음이 아프다.

열 번 칭찬하는 것보다
한 번 욕하지 않는 게 훨씬 낫다.
욕정에 취하면 육체가 즐겁고
사랑에 취하면 마음이 즐겁고
사람에 취하면 영혼이 즐겁다.
그 사람이 마냥 좋지만 좋은 이유를 모른다면 그것은 숙명이다.
좌절은 '꺾여서 주저앉는다.'라는 뜻이다.
가령 가지가 꺾여도 줄기에 접을 붙이면 살아나듯
의지가 꺾여도 용기라는 나무에 접을 붙이면
의지는 죽지 않고 다시 살아난다.
실패는 '실을 감는 도구'를 뜻하기도 한다.
실타래에 실을 감을 때
엉키지 않고 성공적으로 감으려면 실패가 꼭 필요하듯
실패는 '성공의 도구'다.

오늘도 어떤 시련을 만나든 득도의 경지에서 용기를 잃지 않는
날 되길 바란다.

사랑을 한 번 보내본 사람은 안다

比翼連里비익연리
비익조와 연리지. 비익조와 연리지처럼 남녀의 사랑이 영원함

사랑을 한 번 보내본 사람은 안다. 인연의 끈을 놓기가 얼마나 어렵고 힘든 일인지, 이해하고 용서하는 게 얼마나 소중하고 대단한 일인지.

슬픔을 깊게 느껴 본 사람은 안다. 고통을 넘어서는 인고의 시간이 얼마나 길게 느껴지는지, 함께 나누는 인정 속 그 따스한 한마디의 위로가 얼마나 큰 힘이 되는지.

눈물을 삼켜본 사람은 안다. 눈물이 눈에서 흘러내리는 게 아니라 뜨거운 심장에서 흐르는 거라는 걸, 아직 남아있는 자신의 인생이 얼마나 고귀하고 중요한 것인지.

웃음을 많이 간직한 사람은 안다. 삶의 진정한 즐거움은 나보다 더 남을 행복하고 미소 짓게 하는 거라는 걸, 죽지 못해 사는 게 아니라 죽지 않고 더불어 사는 게 얼마나 값진 일인지. 홀로 길게 뻗은 손으로 무거운 인생을 짊어지고 가는 저 해바라기는 바람 불고 비 오는 궂은 날에도 노란 미소를 그린다.

괴테의 인생 5훈

曲水流觴곡수유상
흐르는 물에 잔을 띄운다.

첫째, 지나간 일을 쓸데없이 후회하지 말 것. 잊어야 할 것은 깨끗이 잊어라. 과거는 잊고 미래를 바라보라.

둘째, 될수록 성내지 말 것. 분노에서 한 말이나 행동은 후회만 남는다. 절대로 분노의 노예가 되지 마라.

셋째, 언제나 현재를 즐길 것. 인생은 현재의 연속이다. 지금 내가 하는 일을 즐기고 그 일에 정성과 정열을 다하는 것이 현명하다.

넷째, 남을 미워하지 말 것. 증오는 인간을 비열하게 만들고 우리의 인격을 타락시킨다. 될수록 넓은 아량을 갖고 남을 포용하여라.

다섯째, 미래는 신에게 맡길 것. 미래는 미지의 영역이다. 어떤 일이 앞으로 나에게 닥쳐올지 알 수 없다. 미래는 하늘과 신에게 맡기고 내가 할 수 있는 일에 전력을 다하는 것이 현명하다.

이 다섯 가지는 괴테가 남긴 인생의 다섯 가지 교훈으로 여러 번 되새기고 음미해볼 만하다.

노부부의 저녁 식사

柏舟之操백주지조
잣나무 배에 비유한 절개

　　한창 길이 막히는 바쁜 퇴근시간대에 80대 할아버지 한 분이 택시 안에서 안절부절못하고 있다.

　"아이고, 기사 양반, 좀 더 빨리 갈 수 없나. 급해서 택시를 탔는데 전철보다 느린 것 같아. 6시까지는 꼭 도착해야 해."

　재촉하는 할아버지의 모습이 다급해 보여서 운전기사는 최대한 빠른 지름길로 택시를 몰았다.

　"걱정하지 마세요. 6시 전에는 도착합니다. 그런데 무슨 일이 그렇게 급하신가요?"

　"6시까지 할멈이 있는 노인 요양병원에 도착해야 저녁을 함께 먹을 수 있어. 늦으면 간호사들이 할멈 먼저 먹이고 밥상을 치워버려."

　"늦게 가시면 할머니가 화를 내시나요?"

　"할멈은 치매라 내 얼굴도 잘 못 알아봐. 벌써 5년이나 되었어."

　"그러면 일찍 가든 늦게 가든 할머니는 할아버지를 알아보지도 못하는데 이렇게 서두를 필요가 있나요?"

　의아해하는 택시기사의 질문에 할아버지는 택시기사의 어깨를

살며시 두드리며,

"할멈은 내가 남편인지 알아보지 못하지만 난 아직도 할멈이 내 아내라는 것을 알고 있거든!"하고 말했다.

***

로스차일드 금융제국의 법칙

1. **정보가 돈** 워털루 전투가 끝나고 사람들이 '영국이 졌다'라고 실망하며 주식을 마구 내다 팔 때, 이미 영국이 이겼다는 정보를 쥔 로스차일드는 반대로 사들였다. 그에게 정보는 곧 돈이었다.

2. **인맥이 힘** 가난한 아빠 마이어는 다섯 아들을 프랑크푸르트, 빈, 런던, 나폴리, 파리로 보내 그 지역 인맥 만들기에 총력을 기울여 네트워크를 형성했다. 인맥은 곧 돈이며 사업의 기본, 신중하고 전략적인 인맥 만들기로 로스차일드는 대성공을 이끌었다.

3. **위기는 기회** 로스차일드는 불황은 곧 기회, 돈 벌 확률은 평소의 10배 이상이라며, 대재벌의 기틀을 마련한 워털루 전투, 세계금융가를 장악한 제2차 세계대전을 돈벌이 절호의 기회로 살렸다.

4. **단결이 우선** 세계금융을 장악한 로스차일드의 모든 정보와 자금은 유대 패밀리가 독점운영한다. 자신들 이외에는 아무도 믿지 않고, 뭉쳐 흩어지지 않는다. 그들은 강철같이 결속된 금융제국이다.

5. **지식으로 지혜 발휘** 위기에 빠졌을 때 지혜를 살찌우는 탈무드에 충실하였고, 어려울수록 역전의 아이디어로 뚫고 나갔다.

• • •
인생 태풍

九死一生 구사일생
아홉 번 죽을 고비에서 살아났다.

살다 보면
뜻하지 않는 태풍을 만나 헤매는 날이 있다.
길을 잃고 만신창이가 되고 살려고 몸부림칠 때가 있다.

온몸에 상처가 나 절망하는 순간에도
높은 파도를 이겨야 하고 거친 바람을 이겨야 하고
언젠가는 끝이 올 거라는 희망
언제 그랬냐 하고 순풍이 올 거라는 긍정
그렇게 인생의 태풍을 이겨낸다.

365일 계속되는 태풍은 없다.
강력한 태풍에 맞서고 있으면,
이 밤이 지나면 잔잔해진다고 믿고
힘내길 바란다.

삶의 진리

克己復禮극기복례
자기를 극복하고 예로 돌아감

나를 찾는 이 없으면 남에게 베풀지 않았음을 알고, 자식이 나를 돌보지 않으면 내가 부모에게 효도하지 않았음을 알아야 한다.

상대방은 내 거울이니 그를 통해서 나를 보라.

가난한 자를 보거든 나 또한 그와 같이 될 수 있음을 생각하고, 부자를 보거든 베풀어야 그와 같이 될 수 있음을 기억하라.

가진 자를 보고 질투 말고 없는 자 보고 비웃지 말라.

오늘의 행복과 불행은 모두 내가 뿌린 씨앗의 열매니 좋은 씨앗 뿌리지 않고 어찌 좋은 열매를 거둘 수 있으리오.

천당과 지옥은 바로 내 마음속에 있음을 명심하라.

짜증 내고 미워하고 원망하면 그게 바로 지옥이고, 감사하고 사랑한다면, 그게 바로 천당이고 행복이다.

60대 이후의 우리네 인생

萬事休矣만사휴의
모든 것을 체념한 상태

꽃다운 젊은 날들 돌아보면 굽이굽이 눈물겨운 가시밭길

그 길고도 험난했던 고난의 세월을 당신은 어떻게 살아왔는지요?

무심한 세월의 파도에 밀려

육신은 이미 여기저기 성한 데 하나 없고

주변의 아까운 지인들은

하나둘씩 불귀의 객으로 사라지고 있는 이때

정신은 자꾸만 혼미해가는 황혼 길이지만

그래도 지금까지 힘든 세월 잘 견디며

자식들 잘 길러내어 부모 의무 다하고

무거운 발걸음 이끌고 여기까지 왔으니

이제는 얽매인 삶 다 풀어놓고

잃어버렸던 내 인생 다시 찾아

남은 세월 후회 없이 살다 갑시다.

인생 나이 60을 넘으면
이성의 벽이 허물어지고
가는 시간 가는 순서 다 없으니
남녀 구분 말고 부담 없는 좋은 친구 만나
산이 부르면 산으로 가고,
바다가 손짓하면 바다로...
하고 싶은 취미 생활 즐기면서
남은 인생 후회 없이 즐겁게 살다 가오.

한 많은 이 세상 어느 날 갑자기 훌쩍 떠날 적에
돈도 명예도 사랑도 미움도 가져갈 것 하나 없는 빈손이요
동행해줄 사람 하나 없으니
자식들 뒷바라지하느라 다 쓰고 쥐꼬리만큼 남은 돈 있으면
자신을 위해 아낌없이 다 쓰고,
행여 사랑으로 가슴에 묻어둔 아픔이 남아있다면
미련 없이 다 떨쳐버리고
"당신이 있어 참 행복합니다."라고
진심으로 얘기할 수 있는 친구 만나
남은 인생 건강하게 후회 없이 살다 갑시다.

인생의 참 교훈

捲土重來권토중래
흙먼지 날리며 다시 온다.

　　　　　자전거로 아무리 빨리 달려도 벤츠를 따라잡지는 못한다. 이는 '발판'이 중요하다는 뜻이다.

　남자가 아무리 똑똑하다 해도 여자가 없으면 자식을 낳지 못한다. 이는 '합작'이 중요하다는 뜻이다.

　완벽하게 보장하려면 아무리 큰 통의 물을 산다고 해도 우물 하나 파는 것만 못한다. 이는 '통로'가 중요하다는 뜻이다.

　오리와 게가 달리기 경주를 했는데 승부를 가리지 못했다. 그래서 심판이 '가위바위보'로 결정하자고 했다. 오리가 즉각 노발대발하면서 "나는 아무리 잘 내도 '보자기'인데, '게'는 아무렇게나 내도 '가위'이잖아."라고 했다. 이는 '선천성'이 중요하다는 뜻이다.

　어떤 이는 파리를 따라갔더니 화장실이, 어떤 이는 꿀벌을 따라갔더니 꽃밭이, 어떤 이는 부자를 따라갔더니 돈더미에, 어떤 이는 거지를 따라갔더니 쓰레기 더미에 있었다.

　현대 사회에서는 누구와 함께하느냐가 중요하다. 심지어 자신의 발전 방향을 제시하고 인생의 승부를 가르는 근거가 되기도 한다.

마음의 휴식이 필요할 때

邯鄲之夢 한단지몽
한단에서 꾸었던 꿈

삶에 대한 가치관들이 우뚝 서 있는 날들에도 때로는 흔들릴 때가 있다. 가슴에 품어온 이루고픈 깊은 소망들을 때로는 포기하고 싶을 때가 있다. 긍정적으로 맑은 생각으로 하루를 살다가도 때로는 모든 것들이 부정적으로 보일 때가 있다. 완벽을 추구하며 세심하게 살피는 나날 중에도 때로는 건성으로 지나치고 싶을 때가 있다. 정직함과 곧고 바름을 강조하면서도 때로는 양심에 걸리는 행동을 할 때가 있다.

포근한 햇살이 곳곳에 퍼져있는 어느 날에도 마음에서는 심한 빗줄기가 내릴 때가 있다. 호흡이 곤란할 정도로 할 일이 쌓여있는 날에도 머리로 생각할 뿐 가만히 보고만 있을 때가 있다. 늘 한결같기를 바라지만 때때로 찾아오는 변화에 혼란스러울 때가 있다. 한 모습만 보인다고 그것만 보고 판단하지 말고 흔들린다고 곱지 않은 시선으로 바라보지 마라. 사람의 마음이 늘 고요하다면, 늘 평화롭다면 그 모습 뒤에는 분명 숨겨져 있는 거짓이 있을 것이다. 잠시 잊어버리며 때로는 모든 것들을 놓아보라.

· · ·

솔로몬 왕의 술회

華胥之夢화서지몽
화서에서의 꿈

"헛되고 헛되니, 모든 것이 헛되도다."

공수래공수거 인생空手來空手去人生이라는데, 2015년 1월 23일, 사우디 국왕 압둘라가 20여 년간의 집권을 접고 세상을 떠났다.

총리직과 입법, 사법, 행정의 삼권을 손에 쥐고 이슬람 성직까지 장악한 힘의 메카였던 그도 세월 앞에 손을 들고 한 줌의 흙으로 돌아갔다.

사우디는 지금도 우리나라 돈으로 3경 원에 해당하는 3,000여억 배럴 이상의 석유가 묻혀 있고, 자신이 소유한 재산만 해도 18조에 이르렀지만 결국 '폐렴 하나 이기지 못한 채' 91세의 일기로 생을 접어야 했다.

이슬람 수니파의 교리 "사치스러운 장례는 우상숭배다."에 따라 서거 당일 남자 친척들만 참석한 가운데 수도에 있는 알오드 공동묘지에 묻혔다. 시신은 관도 없이 흰 천만 둘렀으며 묘는 봉분을 올리지 않고 자갈을 깔아 흔적만 남겼다. 비문도, 세계 지도자들의 조문도 없이 평민들 곁에 그저 평범하게 묻혔다.

과연 공수래공수거의 허무한 삶의 모습을 실감케 한 장례였다.

일찍이 세기의 철학자요 예술가이며, 예언가이자 종교지도자였던 솔로몬 왕은 이렇게 인생을 술회하고 세상을 떠났다.

"헛되고 헛되니, 모든 것이 헛되도다."

인간이 가질 수 있는 모든 가치를 다 가져본 솔로몬 왕도 그것을 허무하다고 탄식했다면 아마도 친구들과 나누는 찻잔 속의 따스한 향기가 더 소중한 것일지도 모른다.

주름진 부모님의 얼굴도, 아이들의 해맑은 재롱도, 아내의 지친 손길도, 남편의 피곤한 어깨도 나의 따뜻한 위로와 미소로 보듬는 것이 오늘을 사는 지혜가 아닐까 싶다.

공수래공수거. 안개 같은 삶의 터전 위에 사랑만 남아있는 소중한 보물이다.

나보다 더 소중한 당신

*殺身成仁*살신성인
자신의 몸을 희생하여 인을 이룸

나폴레옹이 어렸을 때의 일이다.

어머니 레티치아는 나폴레옹을 크게 야단쳤다. 식탁에 놓아둔 과일을 허락도 없이 먹어버렸다는 것이다.

나폴레옹은 아니라고 말했지만, 어머니는 오히려 거짓말한다고 방에 가두기까지 했다.

나폴레옹은 말없이 이틀이나 갇혀 있었고, 이틀 후에 그 과일은 나폴레옹의 여동생이 먹었다는 것도 밝혀졌다.

어머니는 억울하게 벌을 받은 나폴레옹이 애처로웠다.

"넌 동생이 과일 먹은 것을 몰랐니?"

"알고 있었어요."

"그럼 빨리 동생이 먹었다고 말을 했어야지?"

"그러면 동생이 야단맞을 거 아녜요? 그래서 제가 벌을 받기로 한 거예요."

어머니는 그런 나폴레옹을 말없이 꼭 껴안아 주셨다.

그런 사람이 있으면 좋겠네

吮疽之仁 연저지인
종기를 입으로 빨아낸 사랑

아주 가끔 삶에 지쳐
내 어깨에 실린 짐이 무거워 잠시 내려놓고 싶을 때
말없이 나의 짐을 받아주는 그런 사람이 있으면 좋겠네.

아주 가끔 일에 지쳐 한없이 슬퍼
세상일 모두 잊고 어디론가 훌쩍 떠나고 싶을 때
말없이 함께 떠나주는 그런 사람이 있으면 좋겠네.

지친 내 몸 이곳저곳 둥둥 떠다니는 내 영혼을 편히 달래주며
빈 몸으로 달려가도 두 팔 벌려 환히 웃으며 안아주는
그런 사람이 있으면 좋겠네.

온종일 기대어 울어도 그만 울라며 재촉하지 않고
말없이 어깨를 토닥여주는 그런 사람이 있으면 좋겠네.
나에게도 그런 든든한 사람이 있으면 좋겠네.

행복은 손에 잡은 동안은 작게 보이지만, 놓치면 그것이 얼마나 크고
귀중한 것인지 알 것이다.
-막심 고리키

행복

'행복'이란?

*天衣無縫*천의무봉
선녀의 옷에는 바느질 자국이 없다.

시간이 없다며 쩔쩔매는 이에게 물었다. "왜 그리 바쁘게 사느냐?"고.

그의 대답은 '행복하기 위해서'였다.

많은 건물과 돈을 갖고도 악착같이 돈을 벌려는 이에게 물었다. "왜 그렇게 많은 돈이 필요하냐?"고.

그의 대답은 '행복하기 위해서'였다.

많은 권력을 갖고도 만족 못 하는 정치인에게 물었다. "왜 그렇게 큰 권력이 필요하냐?"고.

그의 대답은 '행복하기 위해서'였다.

도대체 행복이 어떤 것이기에 모두 '행복, 행복' 하는지 궁금했다.

나이 지긋하신 철학자에게 물었다. "행복이 뭐냐?"고.

그의 대답은 "그걸 알기 위해서 평생 공부했지만, 아직도 잘 모르겠다." 이었다.

신도들로부터 추앙받는 목사님께도 물었다.

그의 대답은 "그걸 알기 위해서 평생 기도했지만, 아직도 응답이 없다." 이었다.

수십 개의 계열사를 가진 대기업 회장에게 물었다. "행복이 뭐냐?"고.

그의 대답은 "그걸 알기 위해서 평생 돈을 벌었지만, 아직도 행복하지 않다." 이었다.

참으로 답답한 일이었다. 행복을 찾기 위해 많은 사람을 만났지만, 해답을 찾지 못하고 돌아오던 길에 추운 거리에서 적선을 기다리는 걸인을 만났다.

폐일언蔽一言하고 물었다. "행복이 뭐냐?"고.

그의 대답은 간단했다. "오늘 저녁 먹을 끼니와 잠잘 곳만 있으면 행복한 것 아니냐."고.

그렇다. 행복은 먼 곳에 있지도 않고 미래에 있지도 않다. 돈으로 살 수 있는 것도 아니고 훔쳐올 수 있는 것도 아니다. 다만 내 마음속에 있었다.

이제 행복하기 위해서 행복에 대한 관점을 바꿔야 할 때다.

어떤 것이 생애의 행복일까요?

曳尾塗中예미도중
꼬리를 진흙 속에 끌고 다닌다.

억만장자 그리스의 선박왕 오나시스(향년 69세)는 노래를 잘 부르는 마리아 칼라스에게 반해 '마리아 칼라스와 살면 얼마나 행복할까?' 생각하다가 칼라스와 결혼하였다.

그러나 8년도 되기 전에 주부로서 너무 모자라고 권태가 나 이혼하고 재클린에게 다시 장가갔다. 케네디의 아내였던 재클린과 함께 살면 행복할 줄 알았는데 그게 아니었다. 재클린과 결혼한 지 일주일도 안 되어 오나시스는 '내가 실수했다.' 하며 고민하기 시작했다. '파혼할 길이 없을까?' 하고 친구들에게 조언을 구했다.

그러나 재클린이 엄청난 위자료를 요구하니 이혼도 못 했다. 재클린이 한 달에 24억 원이나 되는 돈을 펑펑 쓰니, 오나시스는 화가 나서 혈압이 올라갔다. 그의 아들마저 비행기 사고로 죽었다. 충격으로 그도 얼마 못 살고 죽었다. 끝까지 이혼에 합의 않던 재클린은 오나시스의 엄청난 유산 대부분을 차지했다.

"나는 인생을 헛살았다. 하나님께서 주신 축복을 쓰레기로 던지고 간다." 하며 오나시스는 가슴을 치고 후회하다 죽었다.

인생 팔미人生八味

高枕安眠고침안면
베개를 높이 하고 잠을 편히 잔다.

인생을 제대로 사는 사람은 인생의 맛을 안다고 한다. 인생에도 8가지 맛, 팔미人生八味가 있다.

일미一味는 그저 배를 채우기 위해 먹는 음식이 아닌 맛을 느끼기 위해 먹는 '음식의 맛', 이미二味는 돈을 벌기 위해 일하는 것이 아닌 삶의 의미를 찾기 위해 일하는 '직업의 맛', 삼미三味는 남들이 노니까 노는 것이 아닌 진정으로 즐길 줄 아는 '풍류의 맛', 사미四味는 어쩔 수 없어서 누구를 만나는 것이 아닌 만남의 기쁨을 얻기 위해 만나는 '관계의 맛', 오미五味는 자기만을 위해 사는 인생이 아닌 봉사함으로써 행복을 느끼는 '봉사의 맛', 육미六味는 하루하루 때우며 사는 인생이 아닌 늘 무언가를 배우며 자신이 성장해감을 느끼는 '배움의 맛', 칠미七味는 육체로만 존재하는 것이 아닌 정신과 육체의 균형을 느끼는 '건강의 맛', 팔미八味는 자신의 존재를 깨우치고 완성해 나가는 기쁨을 만끽하는 '인간의 맛'이 그것이다.

<중용中庸>에는 음식을 먹으면서 음식의 진정한 맛을 모른다고 안타까워한다. 인생 팔미는 생각과 관점을 바꾸면 느낄 수 있다.

1%의 만족이 만드는 행복

君子三樂군자삼락
군자에게는 세 가지 즐거움이 있다.

'텔마 톰슨'은 2차 세계대전 중에 행복한 결혼생활을 꿈꾸며, 한 미국 육군 장교와 결혼하여 남편을 따라 캘리포니아에 있는 '모제이브' 사막 근처의 육군훈련소에 배속되어왔었다. 남편 가까이에 있고자 이사를 했지만, 사막의 모래바람으로 가득 찬 그곳에서의 삶은 참으로 외롭고 고독하기만 했다. 못마땅한 점은 이루 말할 수도 없었다.

남편이 훈련차 나가고 오두막집에 혼자 남게 되면, 50도가 넘는 살인적인 무더위에 이야기 상대라고는 고작 멕시코인과 인디언뿐이었다. 그나마 의사소통도 잘되지 않고, 항상 모래바람이 불어 음식물은 물론, 호흡하는 공기에도 모래가 가득했다.

그녀는 절로 신세 한탄이 나왔고, 슬프고 외롭고 억울한 생각이 들어 친정 부모님께 편지를 썼다.

이런 곳에서는 더 견딜 수 없으니 당장이라도 짐을 꾸려 집으로 돌아가겠으며, 이곳에 더 눌러사느니 차라리 감옥에 가는 편이 낫겠다는 내용으로 자신의 형편을 호소했다.

그런데 당장 오라거나 자신을 위로해 줄 거라 기대했던 아버지의 답장에는 '단 두 가지 얘기'뿐이었다.

「두 사나이가 감옥에서 조그만 창문을 통해 밖을 바라보았다. 한 사람은 밤하늘에 반짝이는 별을 헤아리며 자신의 미래를 꿈꾸며 살았고, 다른 한 사람은 감옥에 굴러다니는 먼지와 바퀴벌레를 헤며 불평과 원망으로 살았다.」

너무 간단한 편지 내용에 처음엔 너무나 실망했지만, 이 두 얘기가 그녀의 삶을 바꾸어 놓았다.

이 문구를 몇 번이고 되풀이해서 읽던 그녀는 자신이 부끄러워졌고, 그때부터 현재의 상태에서 뭐든 좋은 점을 찾아내려고 애썼다.

자신에게 밤하늘의 별이 무엇일까를 생각했고, 주변을 살피던 중 원주민들과도 친구가 되었다. 그들이 보여준 반응에 그녀는 놀랐다. 그녀가 그들이 짠 편물이나 도자기에 대해 흥미를 보이면, 그들은 여행자에게는 팔지도 않던 소중한 것들을 이것저것 마구 선물하는 것이었다.

그녀는 선인장, 난초, 여호수아 나무 등의 기묘한 모양을 연구했고, 사막의 식물들을 조사했으며, 사막의 낙조를 바라보기도 하고, 1백만 년 전 사막이 바다의 밑바닥이었을 무렵 존재했을 법한 조개껍데기를 찾아보기도 했다.

대체 무엇이 그녀를 그렇게 변화시켰을까?

'모제이브 사막'은 변함이 없었고 인디언도 달라진 것이 없었다. 변한 것은 바로 그녀 '자신'이고, 그녀의 '마음가짐'이 달라진 것이었다. 그녀는 비참한 경험을 생애에서 가장 즐거운 모험으로 바꾸었고, 새롭게 발견한 세계에 자극받고, 너무나 감격한 나머지 그것을 소재로 해서 《빛나는 성벽》이라는 소설을 썼다.

출판 사인회에서 그녀는 이렇게 인사했다.

"사막에서 생활하는 동안 '너는 불행하다, 너는 외톨이다! 너는 희망이 없다!'라고 말하는 '마귀의 소리'도 들었고, '너는 행복한 사람이다! 이곳으로 너를 인도한 이는 바로 나 하느님이다. 이곳에서 너의 새 꿈을 꾸려무나.'라고 말씀하시는 하느님의 음성도 들었습니다. 저는 '마귀의 소리'에 귀를 막고 오늘의 이 영광을 얻게 되었습니다."

이처럼 행복은 우리가 마음먹기에 달렸다. 어떤 상황이나 조건 때문에 행복하고 불행한 것이 아니고, 자신의 마음가짐이 행복과 불행을 결정한다.

마음은 몸을 지배하고 다스린다. 덥다고 짜증 부리면 몸도 마음도 상하게 된다. 가족 중 한 사람이 신경질을 부리면, 나머지 가족들까지 신경질을 부리게 되며, 부정적 바이러스는 모든 가족에게 번져서 기분을 망치게도 한다.

'자살'이라는 글자를 순서를 바꾸면 '살자'가 되고, 영어의 '스트레스(stressed)'의 철자를 뒤바꾸면, '디저트(desserts)란 말이 된다.

나폴레옹은 유럽을 제패한 황제였지만 '내 생에 행복한 날은 6일밖에 없었다.'라고 토로했고, 모든 것을 잃었던 헬렌 켈러는 '내 생에 행복하지 않은 날은 단 하루도 없었다.'라는 고백을 남겼다.

마음먹기에 따라 '천국'과 '지옥'을 오르락내리락한다. 이 땅에 태어난 우리는 모두 행복을 누리고 살 권리가 있다. 우리는 반드시 '행복'하여야 한다.

살아있는 것이 행복

登泰小天 등태소천
태산에 오르면 천하가 작게 보인다.

'아, 오늘도 살아있네.'
아침에 눈뜰 때마다 이렇게 말해보면 기분이 아주 좋아요.
살아있는 것만으로도 기뻐하면 다른 건 별로 중요하지 않아요.

병이 나면
'건강만 하면 참 좋겠다.'
눈을 다치면
'눈만 보여도 좋겠다.'
두 다리를 못 쓰게 되면
'걷기만 해도 좋겠다.' 하지요.

이렇게 행복은 지천에 깔려있어요. 그런데 그걸 다 내팽개치고
욕심에 눈이 어두워서 다른 데로 행복을 찾아다닙니다.
그러다 죽을 때까지 행복하지 못할 수가 있어요. 그러니 지금 행
복하세요.

기적의 비결

讀書亡羊독서망양
책을 읽다가 양을 잃어버림

뉴욕의 한 공동묘지 관리인의 이야기다. 어떤 여인이 일주일에 5달러씩 돈을 보내 왔다. 편지도 같이 왔다.

「죄송합니다. 내가 몸이 아파서 아들 묘에 갈 수가 없습니다. 아들 묘에 일주일에 한 번씩 신선한 꽃을 갈아 꽂아 주시기 바랍니다.」

한 주일도 거르지 않았고 수년이 흘렀다. 어느 날 한 부인이 그 공동묘지를 방문하였다. 차가 도착하자 뒷자리에 앉아있던 부인을 운전기사가 부축해 내렸다. 몸이 쓰러질 듯 흔들렸고 곧 죽을 것 같았다. 그런데 그 가슴에는 꽃다발이 한 아름 안겨 있었다.

그 여인은 관리인을 찾아와서 말했다.

"제가 바로 1주일에 한 번씩 편지와 5불을 보냈던 사람입니다. 제가 오늘 직접 오게 된 이유는, 내 담당 의사가 몇 주 못 살 것이라고 말했기 때문입니다. 세상 떠나기 전에 사랑하는 아들의 무덤에 손수 꽃다발을 갖다 놓고 싶어서 왔습니다."

그 말을 들은 관리인이 말했다.

"부인, 그렇군요. 그런데 나는 부인에게 용서받아야 할 것이 있습니다. 저는 매주 부인이 보내준 돈으로 꽃을 사 무덤 앞에 놓을 때마다 부인에 대해서 유감스럽게 생각했습니다."

부인은 깜짝 놀라며 물었다.

"무슨 말입니까?"

관리인이 말했다.

"꽃은 몇 시간도 안 되어 다 시들고, 다음 날이면 썩어 냄새가 납니다. 그 무덤에 꽃을 꽂아 놓아도 향기를 맡을 사람이 없습니다. 죽은 사람이 냄새를 맡고 좋아할까요? 그것은 부인의 생각일 뿐, 죽은 사람은 보지도 못 하고 즐기지도 못합니다. 제집 옆에 공립병원이 있어서 저는 가끔 가족 없이 혼자 입원해 있는 환자들에게 꽃을 갖다 주곤 하였습니다. 그들은 꽃을 주면 좋아하였습니다. 환하게 웃고 냄새도 맡고 기뻐하였습니다. 부인께서도 이제는 공동묘지에 꽃을 가져오지 말고 소외당한 사람들에게 꽃을 갖다 줘 보십시오. 산 사람에게 주어야지 죽은 사람에게 주어서 무엇합니까?"

이 말을 듣고 부인은 아무 말도 하지 않고 가버렸다.

그 후 3개월이 지났다. 어느 날, 그 부인이 직접 운전을 하고 건강한 모습으로 공동묘지에 나타났다. 그리고 말했다.

"관리인님! 제가 소외당한 사람들에게 꽃을 갖다 주었습니다. 아들에게 일주일에 5불씩 쓰던 돈을 아픈 이들에게 썼습니다. 그랬더니 그들이 정말 좋아하더군요. 좋아하는 그들의 표정을 바라볼 때 내 마음도 기뻤습니다. 내 마음이 편안해졌습니다. 그러면서 신경성 질환도 떠나고 몸이 이렇게 건강하게 회복되었습니다."

자아 연민에 빠지면 죽지만 남에게 기쁨이 되어주면 축복받는다.

약속

李布一諾계포일락
계포가 한 번 승낙하다.

약속을 지키는 것이 행복의 비결이다.

어느 시골 초등학교 운동장 한구석에 머리가 희끗희끗한 노신사 한 사람이 서 있다. 그 신사는 어릴 적 친구와 나이 육십이 되면 이 운동장에서 다시 만나자고 약속했는데 오늘이 바로 그날이라 친구를 만나러 나온 것이다.

그런데 잠시 후에 청년 하나가 급하게 운동장으로 들어오더니 그 신사에게 다가와 물었다.

"혹시 어릴 적 친구를 만나러 오셨나요?"

"예, 그런데 당신은?"

"아버님이 2년 전에 지병으로 돌아가셨는데, 돌아가시기 전에 어릴 적 부모 없이 보육원에서 함께 자란 친구와 약속했다면서 날짜를 일러주시면서 오늘이 되면 '대신 나가서 만나 달라'고 저에게 말씀하셨습니다."

노신사는 친구의 죽음을 매우 슬퍼했다. 하지만 약속을 지켜준 친구의 마음이 너무도 고마웠다.

노신사는 동대문시장에서 의류제조판매업으로 수천억을 벌어 지닌 재벌 회장이었다. 후계자를 찾던 중 친구의 아들을 만나자, 그의 약속을 지키는 태도에 신뢰가 가 기업을 안심하고 맡길 만하다 여겼다. 그래서 친구의 아들에게 기업을 맡기게 되었다.

이를 통해 우리가 새길 교훈은 어릴 적에 맺었던 약속을 나이가 예순이 되도록 기억하고 지키는 참된 우정이다.

정말 부럽다. 인생을 살아가면서 우리는 많은 사람을 만나고, 또 쉽게 약속을 한다. 약속은 지켜지지 않으면 아무 의미가 없을뿐더러 그 사람을 불신하게 된다.

***

우물 안에 있되 우물 밖을 생각하라

성공한 사람들은 '세계화'를 어떻게 생각할까?

칼스버그그룹의 플레밍 린델뢰프는 '최고의 국제적인 브랜드는 글로킬(Global+Local) 브랜드'라고 말하였다.

그는 성장의 기회를 찾아 좁은 덴마크를 벗어났다. 그에게 세계화란 '입맛과 기호가 덴마크와는 전혀 다른 지역에서 외국산 고급제품이라는 이미지를 심는 일'이었다.

지역 특성에 맞는 제품을 효과적으로 광고하면서 외제라는 느낌을 최대한 살린 것이다. 그는 평소 '우물 안에 있되 우물 밖을 생각하라'라는 말을 즐겨 사용했다.

작고 소소한 행복들

感二鳥賦감이조부
두 마리의 새를 보고 노래를 짓는다.

행복은 작습니다.

행복을 거창하고 큰 것에서 찾지 마세요. 멀리 힘들게 헤매지 마세요. 행복은 비록 작지만, 항상 당신 눈앞에 있답니다.

행복은 이기적입니다.

행복은 자신을 돌보는 사람만이 가질 수 있습니다. 남의 시선 따위는 무시해 버려요. 스스로 행복하지 않으면 아무도 도울 수 없답니다.

행복은 연습입니다.

행복은 그냥 주어지는 행운의 복권이 아닙니다. 부지런히 노력하고 연습해야 얻을 수 있는 열매입니다. 가는 길은 수만 갈래지만 방법은 하나랍니다.

행복은 습관입니다.

아는 길이 편하고 가던 길을 또 가듯 행복은 살아가는 동안 몸과 마음에 배는 향기입니다. 하나씩 날마다 더해가는 익숙함입니다.

행복은 투자입니다.
미래가 아닌 현실을 위해 행복을 남김없이 투자하세요. 지금 행복하지 않으면 내일도 마찬가지입니다. 오늘을 온전하게 쓸 수 있어야 한답니다.

행복은 공기입니다.
행복은 때로는 바람이고 어쩌면 구름입니다. 잡히지 않아도 느낄 수 있고 보이지 않아도 알 수 있답니다.

행복은 선물입니다.
행복은 어렵지 않게 전달할 수 있는 미소이기도 하고 소리 없이 건네줄 수 있는 믿음이기도 합니다. 가장 달콤한 포옹이랍니다.

행복은 소망입니다.
행복은 끝없이 전달하고픈 욕망입니다. 하염없이 주고 싶은 열망입니다. 결국은 건네주는 축복입니다.

행복은 당신입니다.
행복은 지금 이 순간 존재하는 당신입니다. 변함없이 사랑하는 당신입니다. 이미 당신입니다.

뿔이 있는 놈은 이가 없다

孤城落日 고성낙일
고립된 성과 기울어진 낙조

뿔이 있는 소는 날카로운 이빨이 없고,
이빨이 날카로운 호랑이는 뿔이 없으며,
날개 달린 새는 다리가 두 개뿐이고,
날 수 없는 고양이는 다리가 네 개다.
예쁘고 아름다운 꽃은 열매가 변변찮고,
열매가 귀한 것은 꽃이 별로이다.

세상은 공평하다.
장점이 있으면 반드시 단점이 있고,
때론 단점이 장점이 되고,
장점이 단점이 될 수도 있다.
이것이 세상사다.

불평하면 자신만 손해 볼 뿐 세상은 바뀌지 않는다.
진정으로 우리에게 행복을 가져다주는 것은

감사하는 삶의 태도에 있다.
행복은 감사하는 마음에서 온다.
외적인 환경에서 오는 것이 아니다.
지금 행복을 맛보려면 먼저 감사의 조건을 찾아야 한다.

인생에 누구를 만났느냐가
어쩌면 한 사람의 인생을 좌우할 수도 있다.
파리의 뒤를 쫓으면 변소 주위만 돌아다닐 것이고,
꿀벌의 뒤를 쫓으면 꽃밭을 함께 노닐게 될 것이다.
물은 어떤 그릇에 담느냐에 따라서 모양이 달라지고,
사람은 어떤 사람을 사귀느냐에 따라 운명이 결정된다.

한번 주위를 둘러보라.
주변에 어떤 인연이 될 사람이 있는가요?
고개를 숙이면 부딪치는 법이 없다.
겸손하게 한 번 숙이고 또 숙이고 양손을 먼저 내밀면
더 많은 걸 얻을 수 있을 것이다.

행복엔 나중이 없다

光風霽月 광풍제월
빛나는 바람과 맑은 달

'우리네 인생사, 행복엔 나중이 없다.'

어느 날 한 명사가 초청 강연에서 행복이란 주제로 강연하다 청중들에게 이렇게 이야기했다.

"여러분, 여행은 가슴 떨릴 때 가야지 다리 떨릴 때 가면 안 돼요."

그러자 청중들이 한바탕 웃으며 '맞아, 맞아.'라며 맞장구치는데 한 사람이 이렇게 얘기한다. "말씀은 좋은데 아이들 공부도 시켜야 하고, 결혼도 시켜야 하고, 해줄 게 많으니 여행은 꿈도 못 꿉니다. 나중에 시집 장가 다 보내고 그때나 가렵니다."

그러나 나중은 없다. 세상에서 가장 허망한 약속이 바로 '나중에'다. 뭔가 하고 싶으면 지금 당장 실천에 옮겨야 한다.

영어로 'present'는 '현재'와 '선물'이라는 뜻도 가지고 있다. 우리에게 주어진 '현재'라는 시간은 그 자체가 선물임을 알아야 한다. 오늘을 즐기지 못하는 사람이 내일이라고 행복할 수는 없다.

암 환자들이 공통으로 하는 얘기가, "선생님, 제가 예순 살부터는 여행을 다니며 즐겁게 살려고 평생 아무 데도 다니지 않고 악착같이 일만 해서 돈을 모았습니다. 그런데 이제 암에 걸려 꼼짝도 할 수가 없네요. 차라리 젊었을 때 틈나는 대로 여행도 다닐 걸 너무너무 억울합니다." 또 이런 분들도 있단다. "오늘은 정말 갈비가 먹고 싶네. 그래도 내가 평생 먹지도 않고 쓰지도 않으면서 키운 아들딸 이 셋이나 있으니 큰아들이 사주려나, 둘째 아들이 사주려나, 아니면 막내딸이 사주려나...?" 그렇게 목을 길게 늘어뜨리고 자식들을 기다리는 분이 계셨는데, 정말 답답하지요?

어느 자식이 일하다 말고 '어? 우리 엄마가 지금 갈비를 먹고 싶다 하시네. 당장 달려가서 사드려야지!' 할까? 아무리 자기 뱃속에서 나왔어도 이렇게 텔레파시가 통하는 자식은 세상에 없다. 지금 갈비가 먹고 싶은 심정은 오직 자기 자신만 안다. 그러니 갈비를 누가 사줘야 할까? 내가 달려가 사 먹으면 된다. 누구 돈으로 사 먹나? 당연히 내 지갑의 돈으로 사 먹어야 한다. 나한테 끝까지 잘해줄 사람은 본인밖에 없다.

또 하나 명심할 것은 나의 행복을 자식에게 떠넘겨서는 안 된다는 것이다. 자식이 자주 찾아와 효도하면 행복하고, 아무도 찾아오지 않으면 불행하다고 말하는 사람은 자신의 삶을 껴안을 줄 모르는 사람이다. 자식들은 자라면서 온갖 재롱 피우고 예쁜 모습 보일 때 이미 효도를 다 하였다. 진정 행복하려면 가만히 앉아서 누가 나를 행복하게 해주기만 기다리는 수동적인 정신 상태부터 바꿔라. 먹고 싶은 게 있으면 알아서 사 먹고, 행복해지고 싶으면 지금 당장 행복한 일을 만들어라. 나중은 없다. 지금이 나에게 주어진 최고의 선물임을 잊지 마라. 오늘부터는 당장 실천하고 행동하라.

• • •
행복을 포기하지 말라

樂山樂水요산요수
산을 좋아하고 물을 좋아함

산꼭대기에 오르면 행복할 것이라 여기지만, 정상에 오른다고 행복한 건 아니다. 어느 지점에 도착하면 모든 사람이 행복해지는 그런 곳은 없다.

같은 곳에 있어도 행복한 사람이 있고, 불행한 사람이 있다.
같은 일을 해도 즐거운 사람이 있고, 불행한 사람이 있다.
같이 음식을 먹고도 기분이 좋은 사람과 나쁜 사람이 있다.

좋은 물건, 좋은 음식, 좋은 장소보다 더 중요한 것은 그것들을 대하는 태도다.
무엇이든 즐기는 사람에겐 행복이 되지만, 거부하는 사람에겐 불행이 된다.
정말 행복한 사람은 모든 것을 다 가진 사람이 아니라, 지금 하는 일을 즐겨 하는 사람, 자신이 가진 것에 만족하는 사람, 하고 싶은 일이 있는 사람, 갈 곳이 있는 사람, 갖고 싶은 것이 있는 사람이다.

웃음의 뿌리는 마음

*破顔一笑*파안일소
얼굴을 활짝 펴고 웃는 모습

사람을 판단할 때 가장 중요한 것은 그 사람의 얼굴에 나타나는 빛깔과 느낌이다. 얼굴이 밝게 빛나고 웃음이 가득한 사람은 성공할 수 있다. 얼굴이 어둡고 늘 찡그리는 사람은 쉽게 좌절한다.

얼굴은 마음과 직결되며 마음이 어두우면 얼굴도 어둡다. 마음이 밝으면 얼굴도 밝다. 이는 행복하다는 증거다.

마음속에 꿈과 비전을 간직하면 행복에 익숙한 사람이 될 수 있다. 언제나 얼굴에 웃음이 가득한 사람은 다른 사람에게 편안함을 주기도 하지만 무엇보다 자신의 건강에 유익하다.

목 위에서부터 출발하여 얼굴에 나타나는 미소나 웃음은 예외다. 그것은 뿌리가 없는 나무와 같다. 얼굴의 뿌리, 웃음의 뿌리는 마음이다.

아침의 향기

倍日倂行배일병행
이틀분의 일정을 하루에 하는 것

　　　　　누구든 좋은 사람을 만나고 싶다. 좋은 사람을
눈에 담으면 '사랑'을 느끼고, 좋은 사람을 마음에 담으면 '온기'가
느껴진다. 좋은 사람과 대화를 나누면 '향기'가 느껴지고, 좋은 사람
을 만나면 좋은 일만 생긴다.

　웃는 얼굴에는 가난이 없다. 한 번의 웃음소리가 그 인생을 유익
하게 하고 복되게 살게 한다. 인생이란 한 번밖에 살 수 없으니
살아있는 동안 참으로 행복하게 살아야 한다. 오늘이 내 생애에서
최고의 날인 듯 최선을 다해 살고, 지금이 최고의 순간인 듯 행복해
야 한다.

　행복은 누리고 불행은 버리는 것이다. 소망은 좇는 것이고 원망은
잊는 것이다. 기쁨은 찾는 것이고 슬픔은 견디는 것이다. 건강은
지키는 것이고 병마는 벗하는 것이다. 사랑은 끓이는 것이고 미움은
삭이는 것이다. 가족은 살피는 것이고 이웃은 어울리는 것이다.
자유는 즐기는 것이고 속박은 날려버리는 것이다. 웃음은 나를 위한
것이고 울음은 남을 위한 것이다. 기쁨은 바로 행복이다.

주는 것이 행복

老婆心切노파심절
남을 위해서 과도하게 마음을 쓰는 것

어느 청년이 집 앞에서 자전거를 열심히 닦고 있었다.

그때 지나가던 한 소년이 발걸음을 멈추고 그 곁에서 계속 호기심 어린 눈으로 구경하였다.

소년은 윤이 번쩍번쩍 나는 자전거가 몹시 부러운 듯 청년에게 물었다.

"아저씨, 이 자전거 꽤 비싸게 주고 사셨지요?"

그러자 청년이 대답했다.

"아니야, 내가 산 게 아니고 우리 형이 사주셨어."

"아, 그래요?"

소년은 매우 부드러운 소리로 대꾸했다.

청년은 자전거를 닦으면서 이 소년은 틀림없이 '나도 자전거를 사주는 형이 있으면 얼마나 좋을까?'라고 생각하고 있을 거라고 믿고 그런 형을 가진 자신이 정말 행복하다고 기쁨을 감추지 못했다.

그래서 청년은 소년에게 다시 말했다.

"너도 이런 자전거 갖고 싶지?"

그러자 소년은 이렇게 대답하는 것이었다.

"아뇨, 나도 동생에게 자전거를 사주는 그런 형이 되고 싶어요. 우리 집엔 심장이 약한 동생이 있는데 그 애는 조금만 뛰어도 숨을 헐떡이거든요. 나도 내 동생에게 이런 멋진 자전거를 사주고 싶은데 돈이 없어요."

소년의 생각은 청년의 짐작과는 전혀 딴판이었다.

그 소년은 보통 사람들과 다른 목표를 가지고 있었다. 많은 이들이 자전거를 받는 소원을 품고 살아가는데, 그 소년은 자전거를 주는 소원을 품고 살고 있다.

늘 도움받는 동생이 되고픈 사람이 있고, 도움 주는 형님이 되고픈 사람이 있다.

더 많이 받지 못했다고 불평하는 사람이 있고, 더 주지 못해서 미안하다고 늘 안타까워하는 사람이 있다.

서른세 살에 백만장자가 된 록펠러는 마흔세 살에 미국의 최대 부자가 되었고, 쉰세 살에 세계 최대 갑부가 되었지만 행복하지 않았다고 한다. 그는 쉰다섯 살에 불치병으로 1년 이상 살지 못한다는 시한부 판정을 받았다. 마지막 검진을 위해 휠체어를 타고 갈 때, 병원 로비에 걸린 액자의 글이 눈에 들어왔다.

'주는 것이 받는 것보다 더 복이 있다.'(사도행전 20:35)

'주는 것이 받는 것보다 더 행복하다.'

'It is more blessed to give than to receive.'

그 글을 보는 순간 마음속에 전율이 일고 눈물이 났다. 선한 기운이 온몸을 감싸는 가운데 그는 눈을 지그시 감고 생각에 잠겼다.

조금 후 소란스러운 소리에 정신을 차리고 보니, 입원비 문제로 다투는 소리였다.

병원 측은 병원비가 없어 입원이 안 된다고 하고, 환자의 어머니는 입원시켜달라고 울면서 애원하고 있었다.

록펠러는 곧 비서를 시켜 병원비를 대신 내고 누가 냈는지 모르게 하라고 했다.

얼마 후 은밀히 도왔던 그 소녀가 기적적으로 회복되자, 그 모습을 조용히 지켜보던 록펠러는 얼마나 기뻤던지 나중에 그의 자서전에서 그 순간을 이렇게 표현했다.

"저는 살면서 이렇게 행복한 삶이 있는지 몰랐습니다."

그때 그는 나눔의 삶을 살기로 작정했다. 신기하게도 그와 동시에 그의 병이 사라졌다. 그 뒤 그는 아흔여덟 살까지 살며 선한 일에 힘썼다.

나중에 그는 회고한다.

'인생 전반기 55년은 쫓기며 살았지만, 후반기 43년은 행복하게 살았습니다.'

그렇다! 주는 것이 받는 것보다 복이 있다. 내가 무엇을 받으려는 생각보다 무엇을 주려는 생각을 먼저 하는 복된 삶을 살길 바란다. 오늘은 타인에게 축복의 통로가 되는 주인공이 되길 소망한다.

행복한 가정에 꼭 있어야 할 10가지

同苦同樂동고동락
즐거움도 함께하고 괴로움도 함께 한다.

행복한 가정에 꼭 있어야 할 10가지다.

1. 용서

   가정에서도 용서해 주지 않는다면 그 사람은 지구상에서 용서 받을 곳이 없다.

2. 이해

   가정에서도 이해해주지 않는다면 그 사람은 짐승들과 살 수밖에 없다.

3. 대화의 상대

   가정에서 말동무를 찾지 못하면 전화방으로 갈 수밖에 없다.

4. 골방

   혼자만의 공간(수납장, 옷장, 공부방, 화장실 등)이 많을수록 인품이 유순해진다.

5. 안식

    피로에 지친 몸을 편히 쉬게 하는 환경이 가정에 없으면 밖으로
    나돈다.

6. 인정

    가정에서 인정받지 못하는 사람은 밖에서도 인정받지 못한다.

7. 유머

    유머는 가족 간의 정감을 넘치게 하는 윤활유 역할을 한다.

8. 어른

    연장자가 아니라 언행에 모범을 보이는 어른이 있어야 한다.

9. 사랑

    잘못은 꾸짖고 잘한 것은 칭찬해주는 양면의 사랑이 있어야 한
    다.

10. 희망

    앞으로 더 잘될 것이라는 희망이 보이면 가정의 가치는 더욱
    높아진다.

행복은 내 마음속에

敬天愛人경천애인
하늘을 공경하고 사람을 사랑한다.

사람은 믿음과 함께 젊어지고
의심과 함께 늙어간다.
사람은 자신감과 함께 젊어지고
두려움과 함께 늙어간다.
사람은 희망이 있으면 젊어지고
실망이 있으면 늙어간다.
타인을 사랑하는 데에 인생의 반을 소모하고
인생의 반은 타인을 비난하는 데 소모한다.
나를 비우면 행복하고
나를 낮추면 모든 것이 아름답게 보인다.
행복은 결코 먼 이야기가 아니고 내 마음속에 있다.
우리 모두 행복했으면 좋겠다.

1초 만에 얻을 수 있는 행복

君辱臣死군욕신사
임금과 신하가 生死끙꿈생사인고를 함께함

"고마워요."

1초면 할 수 있는 이 짧은 말로 당신은 상대방의 마음을 따뜻하게 만들 수 있다.

"힘내세요."

1초면 할 수 있는 이 짧은 한마디로 당신은 누군가의 든든한 버팀목이 될 수 있다.

"축하해요."

1초면 할 수 있는 이 짧은 말로 당신은 상대방에게 행복한 순간을 선물할 수 있다.

"용서하세요."

1초면 할 수 있는 이 짧은 한마디로 당신은 상대방의 분노를 누그러뜨릴 수 있다.

우산

公序良俗공서양속
미풍양속

　　　삶이란 우산을 펼쳤다 접었다 하는 일이요
죽음이란 우산을 더는 펼치지 않는 일이다.

성공이란 우산을 많이 소유하는 일이요
행복이란 우산을 많이 빌려주는 일이고
불행이란 아무도 우산을 빌려주지 않는 일이다.

사랑이란 한쪽 어깨가 젖는데도
하나의 우산을 둘이 함께 쓰는 것이요
이별이란 하나의 우산 속에서 빠져나와
각자의 우산을 펼치는 일이다.

인연이란
비 오는 날 우산 속 얼굴이 가장 아름다운 사람이요
부부란

비 오는 날 정류장에서
우산을 들고 기다리는 모습이 가장 아름다운 사람이다.

비를 맞으며 혼자 걸어갈 줄 알면
인생의 멋을 아는 사람이요
비를 맞으며 혼자 걸어가는 사람에게
우산을 내밀 줄 알면 인생의 의미를 아는 사람이다.

세상을 아름답게 만드는 건 비요
사람을 아름답게 만드는 건 우산이다.

한 사람이 또 한 사람의 우산이 되어줄 때
한 사람은 또 한 사람의 마른 가슴에 단비가 된다.

눈물로 씻어지지 않는 슬픔은 없다.
땀으로 낫지 않는 번민은 없다.
눈물은 인생을 위로하고 땀은 인생에 보수를 준다.
-쇼펜하우어

웃음

너무 웃겨

以肉去蟻이육거의
방법을 그르침

　　서울 종로 뒷골목에 평소 편두통 때문에 머리가 아파 고생하는 한 남자가 살고 있었다. 오늘도 출근했지만, 머리가 너무 아파 병원에 가려는데, 그를 본 직장동료가 말하길, "큰 병원은 종합검사비용이 너무 비싸니까 종로 뒷골목에 있는 동네 의원에 가게. 거기엔 최신형 자판기식 족집게 컴퓨터 검진기가 있다네."라고 했다.

　소변을 조금 받아서 넣고 3천 원을 투입하면 자판기식 컴퓨터가 병명을 알려주고 처방전까지 내준다며 방법까지 일러주었다.

　그 말을 듣고 이 남자는 동네 의원에 가서 자판기식 컴퓨터를 이용해보기로 하였다. 종이컵에 소변을 받아 의원 휴게실에 있는 자판기식 컴퓨터진찰 기계에 넣고 3천 원을 투입하였다. 그러자 컴퓨터가 마구 이상한 도형과 수식을 보이더니 마침내 스르륵스르륵 처방전을 인쇄해 내어놓았다.

　「당신은 편두통에 시달리고 있습니다.

두통약은 xx회사의 OO약을 아침저녁 2알씩 3일간 복용하면 됩니다.」

남자는 정말로 신기하다고 생각하며 그 처방전으로 약국에 가서 OO약을 사서 복용했다. 그랬더니 정말로 3일 후 그의 고질적인 편두통이 깨끗이 나았다.

그는 그 컴퓨터가 너무 신기하여 감탄하는 것까진 좋았다. 그런데 그만 평소의 야릇한 장난기에 발동이 걸렸다.

그 컴퓨터가 얼마나 잘 알아맞히는지 알아보고 싶어진 것이다. 그래서 그는 용기에다 애완견, 딸, 아내, 자신의 소변에다 수돗물을 첨가하고는 자판기식 진찰 컴퓨터에 집어넣었다.

그는 아무리 기막히고 성능 좋은 족집게 컴퓨터라도 이번에는 도저히 알아맞힐 수 없을 것이라며 어떤 처방을 내릴지 궁금해하며 기다렸다.

그가 컴퓨터 용기에 소변 컵을 넣자, 컴퓨터가 지난번과 같이 이상한 수식과 도형을 그리더니 시간이 한참 지나도록 처방전을 내놓지 않았다.

남자는 기다리면서 속으로 낄낄대며 웃었다. 그러면서도 혹 컴퓨터가 망가지면 어떡하나 걱정도 되었다.

한참 수식을 쏟아내던 컴퓨터가 마침내 스르륵 스르륵 스르륵 하면서 처방전을 쏟아냈다.

남자는 어떤 처방이 나왔는지 궁금해 처방전을 집어 들었다. 그랬더니 어이쿠, 이것 좀 보게.

「당신의 애완견은 촌충이 있습니다. 촌충 약을 먹이십시오.

당신의 딸은 알코올중독입니다. 재활센터로 보내세요.

당신의 아내는 임신 중입니다. 그러나 나쁜 소식은 아내가 가진 아이는 당신의 아이가 아닙니다. 이혼소송을 준비하세요.

당신 집 수돗물은 염소성분이 많고 녹물이 너무 많이 섞여 있습니다. 마시지 마시고 생수나 정수기 물을 사용하시기 바랍니다.

그리고 또 더 나쁜 소식입니다. 갈수록 태산이라서 삼가 위로의 말부터 전합니다. 당신의 소변과 당신 딸의 소변은 유전자가 일치하지 않습니다. 변호사와 상담하시어 원만한 해결을 하십시오.

그리고 마지막으로 한 마디 충고합니다. 계속 이렇게 잔머리 굴리면 당신의 편두통은 재발하여 절대 낫지 않음을 명심하십시오.

끝으로 또 충고합니다. 야, 인마! 세상 고따위로 살지 마!」

***

10초 동안의 첫인상

주위 사람들이 당신의 말과 의견을 그대로 믿고 행동하는가는 첫 대면 10초 안에 결정된다. 이렇듯 상대는 첫인상으로 당신을 평가한다. 그만큼 첫인상은 사회생활에서 매우 중요하다.

첫 대면에서 받은 나쁜 인상을 지워버리는 것만큼 어려운 일도 세상에 없을 것이다.

깔깔깔 유머 Ⅰ

一刻値千金일각치천금
한 시간이 천금에 버금갈 정도로 지극히 즐거울 때

여자가 늙어 필요한 것
1. 돈 2. 딸 3. 건강 4. 친구 5. 찜질방

남자가 늙어 필요한 것
1. 부인 2. 아내 3. 집사람 4. 와이프 5. 애들 엄마

아들이란?
1. 낳을 땐 1촌
2. 대학 가면 4촌
3. 군에서 제대하면 8촌
4. 장가가면 사돈의 8촌
5. 애 낳으면 동포
6. 이민 가면 해외동포
7. 잘난 아들은 나라의 아들
8. 돈 잘 버는 아들은 사돈의 아들

9. 빚진 아들은 내 아들

자녀들이란?

1. 장가간 아들은 큰 도둑
2. 시집간 딸은 예쁜 도둑
3. 며느리는 좀도둑
4. 손자들은 떼강도

아들, 딸, 며느리란?

1. 장가간 아들은 희미한 옛사랑의 그림자
2. 며느리는 가까이하기엔 니무 먼 당신
3. 딸은 아직도 그대는 내 사랑

미친 여자 3인방은?

1. 며느리를 딸로 착각하는 여자
2. 사위를 아들로 착각하는 여자
3. 며느리 남편을 아직도 내 아들로 착각하는 여자

메달 순위란?

1. 딸 둘에 아들 하나면 금金메달
2. 딸만 둘이면 은銀메달
3. 딸 하나 아들 하나면 동銅메달
4. 아들만 둘이면 목木메달

엄마의 일생이란?

1. 아들 둘 둔 엄마는 이집 저집 떠밀려 다니다 노상에서 죽고
2. 딸 둘 둔 엄마는 해외여행 다니다 외국에서 죽고
3. 딸 하나 둔 엄마는 딸네 집 싱크대 밑에서 죽고
4. 아들 하나 둔 엄마는 요양원에서 죽는다.

재산 분배란?

1. 재산을 안 주면 맞아 죽고
2. 반만 주면 졸려 죽고
3. 다 주면 굶어 죽는다.

남편이란?

1. 집에 두면 근심 덩어리
2. 데리고 나가면 짐 덩어리
3. 마주 앉으면 원수 덩어리
4. 혼자 내보내면 사고뭉치
5. 며느리에게 맡기면 구박 덩어리

깔깔깔 유머 II

一言居士일언거사
무슨 일에든지 한마디 하지 않으면 직성이 풀리지 않는 성품의 사람

하차

하나님과 스님이 같이 버스를 타고 가다가 하나님이 먼저 버스에서 내리면서 말하길,

"신내림"

"ㅋㅋㅋ"

그러자 스님도 같이 내리면서 말하길,

"중도하차"

"ㅋㅋㅋ"

연이어

"신도 내림"

무당이 내리면서,

"내림굿"

경로석

지하철 경로석에 한 아가씨가 앉아 눈을 감고 자는 척하고 있었

다. 할아버지가 아가씨를 흔들면서 말했다.

"아가씨, 여기는 경로석이야."

"저도 돈 내고 탔는데, 왜 그러세요!"

그러자 할아버지,

"여긴 돈 안 내고 타는 사람 자리야!"

"ㅋㅋㅋ"

교통사고를 당한 동료에게

친구 : 어쩌다가 이런 사고를 당했나?

동료 : 운전을 하는데 갑자기 미니스커트를 입은 늘씬한 아가씨
가 나타나는 바람에....

친구 : 저런! 한눈팔다 당했구먼.

동료 : 그게 아니라, 조수석에 있던 마누라가 손으로 내 눈을 확
가려버리잖아. 그래서....

할머니의 애정도

"다시 태어난다면 지금의 배우자와 다시 결혼하시겠습니까?"

목사가 교인에게 질문하며, 그런 사람이 있으면 손을 들어보라고
했다.

모두 손을 들지 않았는데, 할머니 한 분이 조용히 손을 들었다.

"그렇게 사랑이 깊으셨습니까?"

목사가 묻자, 할머니의 대답,

"다 그놈이 그놈이여. 길든 놈이 그래도 낫지."

러브호텔 이야기

어떤 남자가 러브호텔에서 불륜을 벌이고 복도로 나왔다가 아내와 마주치고 말았다.

그의 아내 또한 딴 남자와 혼외정사를 나누고 문밖으로 나서는 걸음이었다.

따지고 보면 서로가 누구를 탓할 수도 없는 피장파장의 상황이었지만, 남편과 아내는 서로 삿대질을 하며 목소리를 높였다.

"아니! 당신이 어떻게 이럴 수가...."

두 사람과 각각 팔짱을 끼고 들어왔던 남녀 파트너가 '앗 뜨거워라.'하며 줄행랑을 놓은 사이, 내외간에 옥신각신 싸움이 벌어졌다.

그때 호텔 주인 여자가 달려 나왔다.

러브호텔 주인도 기가 막힐 일이었다. 한창 영업 중인 객실 복도에서 욕설까지 섞어가며 실랑이를 벌이고 있으니 말이다.

그래서 싸움을 뜯어말리면서 하는 말이,

"아이고 참! 오래된 단골끼리 왜들 이러십니까?"

할머니의 순결

한 시골에 혼자 사는 할머니가 있었다. 할머니는 평생 독신으로 살면서 아름다운 순결을 지켰다. 할머니는 장의사에게 자신이 죽으면 묘비에 다음과 같이 새겨 달라고 부탁했다.

"처녀로 태어나 처녀로 살다 처녀로 죽었다."

얼마 후 할머니가 돌아가시자, 장의사는 비석 석공에게 이 묘비를 부탁했다.

그러나 비석 석공은 묘비명이 쓸데없이 길다고 생각하고, 짧은 글로 대신했다.

"미개봉 반납"

50년간 화목한 부부의 지혜

50년간 행복하게 같이 살아온 노부부를 기자記者가 인터뷰했다.

"그토록 오랜 세월을 부부로 지낼 수 있었던 비결이 뭡니까?"

남편이 서둘러 대답했다.

"그거 별거 아니야. 한 사람이 말을 하면, 다른 사람은 귀담아듣지 않고 흘려버리는 거야."

치매의 원인

치매의 원인이 밝혀졌다. 해외 연구진들이 치매의 원인을 유전자가 아닌 다른 원인에 의한 가설을 밝혀 학계에서 논란이 되고 있다는데….

하버드 의과대학 최신연구에 의하면, 치매의 원인은 '치맥(치킨+맥주)'을 많이 먹으면 시간이 지나 기억(ㄱ)이 떨어져서 '치매'가 된다고 하네요.

'치맥 − ㄱ = 치매'

"ㅋㅋㅋ"

깔깔깔 유머 Ⅲ

臨機應變임기응변
정세의 변화에 따라 그때그때에 적절히 대응 조치하는 것

생신 축하 딱지

일흔 번째 생일을 맞이한 노인이 갑자기 치통으로 치과를 찾았다. 급히 차를 몰아 갓길에 주차하고 치료를 받고 나오니, 교통순경이 딱지를 떼고 있었다.

노인은 경찰에게 사정을 털어놓았다.

"오늘이 일흔 번째 생일인데 아침부터 이가 아파서 정신을 차릴 수 없었어요. 평생 법法을 어긴 적이 없는데, 생일날 딱지까지 떼게 생겼네요. 한 번만 봐줘요. 안 그러면 오늘은 정말 가장 재수 없는 생일날이 될 거에요."

두 사람의 대화에 관심을 가진 사람들이 몰려들어, 경찰이 법法과 인정 사이에서 어떤 결정을 내릴지 지켜보고 있었다.

한 번만 봐 달라고 통사정하는 노인의 하소연에도 경관은 표정의 변화도 없이 고지서에 기록한 후 무심하게 건네주고는 돌아섰다.

둘러선 사람들이 중얼거렸다.

"역시 법法이야! 경관에게는 법法이 우선이지. 그래야 세상이 굴

러가는 거야!"

노인도 포기하고는 고지서를 받아들고 차車에 올랐다.

"법法은 법法이지. 그래도 너무하네. 젊은 사람이 냉정한 표정하고는!"

차車에 올라탄 노인이 범칙금이 얼마인지 확인하려고 고지서를 펼쳐보았다. 그리고는 너털웃음을 지었다.

고지서에는 벌금 대신,

'생신을 축하합니다. 어르신!'

이라고 쓰여 있었다.

노인이 멀리 걸어가는 경관을 바라보자, 경관이 노인에게 손을 흔들어주었다.

경관은 사실 노인의 하소연을 들어주고 싶었다. 하지만 둘러선 사람들의 시선을 무시할 수도 없었다. 그래서 내린 판단은 노인과 구경꾼 둘 다를 만족하는 이 중二重 플레이를 생각해낸 것이었다. 고지서를 끊기는 하되, 벌금 액수 대신 축하편지를 건네주는 것이었다.

때때로 우리는 대립 상태의 중간에 서게 된다. 양쪽을 만족할 수 없는 진퇴양난의 길에 설 때도 있다. 그때 필요한 것이 '경관의 고지서'와 같은 이 중 플레이다. 엄한 표정을 짓고 고지서를 발행하지만, 내용은 따뜻한 축하편지를 보내는 것 말이다.

간도, 뇌도, 심장도 없는 사람

子虛烏有 자허오유
거짓말. 엉터리여서 아무것도 아닌 것

1. **영국** 의사가 말하기를, "영국에서는 의술이 매우 발달하여 사람의 간을 잘라서 다른 사람에게 이식하면 그 사람은 6주 후에는 일자리를 찾아 나섭니다."라고 말했다.

2. 그러자 독일 의사가, "그건 아무것도 아니지요. 독일에서는 사람의 뇌를 잘라서 다른 사람에게 이식하면 4주일만 지나면 일자리를 찾아 나설 수가 있답니다."라고 말했다.

3. 그러자 러시아 의사가 말하기를, "여러분, 러시아에서는 사람의 심장 절반을 잘라 꺼내어 다른 사람의 가슴에 이식하면 2주일만 지나면 일자리를 찾아 나설 수 있답니다."라고 응수했다.

4. 그러자 한국 의사가 웃으며 다음과 같이 말했다.

    "당신들은 우리보다 한참 뒤떨어졌군요. 우린 2년 전에 간도 없고, 뇌도 없고, 심장도 없는 사람을 대통령으로 만들었지요. 지금은 전 국민이 일자리를 찾아 헤매고 있답니다."

아내가 남긴 쪽지

周章狼狽주장낭패
허둥대며 떠들썩한 것. 매우 당황하여 적절하게 조치할 수 없음을 비유

　　어느 부부가 사소한 싸움이 큰 싸움이 되어 서로 말을 하지 않고 꼭 해야 할 말이 있으면 글로 적기로 했다.

　남편은 다음날 출장을 갈 일이 생겼고 새벽 일찍 일어나야 했다. 혹 차를 놓칠까 봐 어쩔 수 없이 아내에게, '내일 아침 5시에 깨워 줘요.'라고 적은 쪽지를 주었다.

　이튿날 아침, 남편이 눈을 떠보니 벌써 7시가 훨씬 지나 있었다. 깨워달라는 부탁을 들어주지 않은 아내에게 화가 잔뜩 난 남편이 아내를 깨워서 따지려고 하는데 자신의 머리맡에 놓인 종이쪽지가 눈에 보였다.

　'여보, 벌써 5시예요.'

아줌마들의 계모임

衆口鑠金중구삭금
입이 모이면 굳은 쇠도 녹인다.

여자 다섯이 점심을 먹는 모임 날, 서로 친구 간이면서 점잖은 50대 중반의 유부녀들이 모였다. 오랜만에 먹는 점심이라 맛있다고 소문이 자자한 동태탕 집으로 약속을 잡았다.

소문대로 줄은 길었고 순번을 기다린 끝에 간신히 자리를 잡았다.

눈코 뜰 새 없는 홀 서빙 아줌마가 주문을 받는다.

"소주, 치킨, 맥주, 포도주, 뭘 드시겠어요?"

"뭐 먹을까? 난 동태!" "그럼 우린 생태로 할까?" "그러지 뭐!" "여기요! 동태 내장탕 3개, 생태탕 2개요!"

"'특'으로 할까요, '보통'으로 할까요?"

"보통으로 해 주세요!"

"매운 것으로 해드릴까요, '지리'로 해드릴까요?"

"모두 지리로 해 주세요!"

정신없이 바쁜 홀 서빙 아줌마가 주방에 대고 고함을 지른다.

"씹팔, 내, 보, 지, 셋, 생, 보, 지, 둘!" 주문 내용은 '식탁 번호 18번에 내장탕 보통 지리 3개, 생태탕 보통 지리 2개.'이다.

부부가 같이 엉엉 울었다

桃源境도원경
복숭아 숲이 펼쳐진 별천지

부부가 산길을 가다가 남편이 실수로 길가의 벌집을 건드렸다.

벌들이 쏟아져 나와 남편의 온몸을 쏘아댔다. 그 바람에 남편의 머리도 붓고 팔다리도 붓고 그것도 부었다.

집에 돌아와 아내가 남편 몸에 약을 발라주다 보니 그것이 통통 부어 아주 실해 보였겠다!

부인은 남편을 부추겨 거시기를 했다.

둘은 거시기하면서 둘 다 울었다?

남편은 너무 아파서, 부인은 너무 좋아서.

부인은 다음 날부터 벌집 앞에 물을 떠놓고 빌었다.

제발 벌아, 우리 남편 한 번만 더 쏴줘라, 응.

(크크)

할아버지의 고추 이야기

　　시골에 사는 한 할아버지가 아들네를 찾아가느라 고추를 담은 자루를 들고 버스를 탔다. 승객이 만원이라 자리가 없었다. 자루를 의지 밑으로 밀어 넣고자 자리를 찾던 중 둘 만한 곳을 찾았다.

　할아버지는 자리에 앉은 한 아가씨 앞으로 가서는 이어폰을 끼고 눈을 감고 있는 아가씨에게 이렇게 말했다.

　"아가씨, 다리 좀 벌려봐!"

　그런데도 못 알아듣고 이어폰만 끼고 뭔가 듣고 있는 아가씨.

　할아버지는 큰소리로 다시 말했다.

　"아가씨, 다리 좀 벌려 보랑께!"

　깜짝 놀란 아가씨가,

　"왜요?"

　"아, 왜긴 왜야. 고추 좀 넣게!"

　고추 자루를 다리 사이에 밀어 넣고, 목적지로 가는 도중, 버스가 급정거하는 바람에 고추 자루가 넘어졌다.

할아버지가 다시 말했다.

"아가씨, 미안한데 고추 좀 세워줘!"

승객들 빵~

그다음 정류장에서도 급정거하는 바람에 고추 자루가 다시 넘어지면서 이번에는 자루에서 고추 몇 개가 바닥에 떨어졌다.

할아버지가 다시 말했다.

"아가씨, 고추 빠졌네. 좀 집어 넣어주면 안 될까?"

또다시 승객들 빵빵~

상황이 이쯤 되자 아가씨는 얼굴이 화끈거려 더는 그대로 앉아있을 수가 없었다. 차라리 자리를 양보하는 게 낫겠다고 일어서려는데, 이때 할아버지가 하시는 말씀,

"아가씨, 다리 좀 벌려봐. 고추 좀 빼게. 이제 내려야 하거든!"

승객들 빵~

아가씨는 얼굴이 홍당무가 되어 고개를 들지 못하고 있는데, 이때 옆에 있던 할머니가 하시는 말씀,

"어이쿠! 그 영감탱이 고추 참 탐스럽게 생겼네."

아가씨는 홍당무가 되고 승객들은 빵~ 빵~ 빵~ 빵~ 아이고 어지러워!

이내 할머니 또 한마디,

"애고, 애고! 나는 저런 고추를 어디서 구하나?"

아가씨는 기절초풍. 버스는 하~하~, 깔~깔~깔~, 호~호~호~.

만원 버스 승객들 빵~ 터졌다.

한번 웃어보세요

指鹿爲馬지록위마
사슴을 가리켜 말이라 한다.

1. 절벽에서 떨어지다 나무에 걸려 산 사람은?

☞ 덜떨어진 사람

2. 만 원짜리와 천 원짜리가 떨어져 있으면 어느 걸 주울까요?

☞ 둘 다

3. 하늘에 달이 없으면 어떻게 될까요?

☞ 날 샜다.

4. 인삼은 6년근을 캐는 게 좋다. 산삼은 언제 캐야 할까요?

☞ 보는 즉시

5. 눈이 오면 강아지가 팔딱팔딱 뛰어다니는 이유는?

☞ 가만있으면 발이 시리니까요.

6. 하늘에서 별 따기보다 더 힘든 것은?

☞ 하늘에 별 달기

7. 머리둘레에 머리카락이 없는 사람은?

☞ 주변머리 없는 사람

8. 죽었다 깨어나도 못하는 것은?

☞ 죽었다 깨어나는 것

9. 바다에는 돌고래가 산다. 육지에 사는 고래는?

　　☞ 술고래

10. 눈코 뜰 새 없을 때는?

　　☞ 머리 감을 때

11. 양심 있는 사람이나 없는 사람이나 모두 시꺼먼 것은?

　　☞ 그림자

12. 여자는 무드에 약하죠. 남자는 무엇에 약할까요?

　　☞ 누드

13. '우리에겐 내일은 없다'라는 말은 누가 한 말인가?

　　☞ 하루살이

14. 아이가 태어나자마자 우는 까닭은?

　　☞ 밥줄이 끊겨서

15. 우리나라에서 가장 오래된 공중변소는?

　　☞ 전봇대

16. 의사와 엿장수가 좋아하는 사람은?

　　☞ 병든 사람

17. 유부녀만 좋아하는 사람은?

　　☞ 산부인과 의사

18. 누워서 떡 먹기보다 쉬운 것은?

　　☞ 누워서 떡 안 먹기

19. 포경수술의 순우리말은?

　　☞ 아주까리

· · ·
11층 여자

張三李四 장삼이사
장 씨의 셋째아들과 이 씨의 넷째 아들

11층에 사는 여자가 괴로운 세상을 하직하려고 옥상에서 뛰어내렸다. 뛰어내리는 그녀의 눈에는 이런 게 보였다.

10층에서는 금실 좋고 화목했던 부부가 싸우는 게,

9층에서는 밝고 유쾌하고 잘 웃던 남자가 우는 게,

8층에서는 남자들과 말도 하지 않던 여자가 바람피우는 게,

7층에서는 건강하기로 소문났던 여자가 약 먹는 게,

6층에서는 돈 많다 자랑하던 남자가 일자리 찾는 게,

5층에서는 듬직하고 정직한 남자가 옷 입는 여자를 훔쳐보는 게,

4층에서는 닭살 커플 연인이 헤어지려고 싸우는 게,

3층에서는 남녀관계가 복잡하던 할아버지가 혼자 있는 게,

2층에서는 이혼 후 남편을 욕하던 여자가 남편을 그리워하는 게.

11층에서 뛰어내리기 전, 내가 세상에서 제일 불행하다고 생각했는데, 지금 보니 저마다 말 못 할 사정과 어려움은 다 있었다. 사실 나도 그렇게 불행한 건 아니었다. 내가 보았던 사람들이 지금 나를 보고 있다. 그들도 나를 보며 자기는 괜찮다고 자기 위안할지도....

천당보다 나은 곳

生寄死歸생기사귀
삶은 붙이고 죽음은 돌아가는 것

"지금 잘 삽시다!"

한 신부님이 강론 중에 청중을 향해 이렇게 말했다.

"지옥 가고 싶은 분 손들어 보세요."

아무도 손을 들지 않았다.

"천당 가고 싶은 분 손들어 보세요."

모두가 손을 들었다.

"여기에 계신 여러분은 모두 천당이 좋은가 봅니다. 그렇죠? 그럼 지금 바로 천당에 가고 싶은 분은 손들어 보세요."

아무도 없었다.

"그러니까 결국 천당보다 지금이 낫다는 말이네요. 그렇죠? 그러니 '지금' 잘 삽시다. '천당'보다 나은 곳이니까요."

유명인들의 재치와 유머

賈大夫之士가대부지사
아내를 웃게 한 활 솜씨

카네기의 유머

카네기가 어렸을 때의 이야기다.

그가 어머니의 손을 붙잡고 과일가게에 갔다. 가만히 서서 뚫어져라, 딸기를 쳐다보자 주인 할아버지가 한 움큼 집어 먹어도 된다고 했다. 카네기는 계속 쳐다만 보았다. 그러자 할아버지가 자기 손으로 딸기를 한 움큼 덥석 집어서 주었다.

나중에 어머니가 조용히 물었다.

"얘야, 할아버지가 집어 먹으라고 할 때 왜 안 집어먹었니?"

"엄마, 내 손은 작고 그 할아버지 손은 크잖아요."

카네기는 어릴 때부터 이렇게 속이 꽉 차 있었다.

헬무트 총리의 유머

독일의 통일을 이룬 헬무트 콜 총리는 정원을 청소하다가 수류탄세 개를 주웠다. 콜 총리는 아내와 함께 그 수류탄을 경찰서로 가져가는데, 아내가 걱정스럽게 말했다.

"여보, 가는 도중에 수류탄 하나가 쾅 터지면 어떡하죠?"

그러자 콜 총리가 말했다.

"걱정하지 마. 경찰에게 두 개를 주웠다고 말하면 되니까."

죽음은 뒷전이고 아내를 안심시키려는 순발력과 대답이라니.

아인슈타인의 유머

기차 여행 중이던 아인슈타인이 자신의 기차표를 분실했다는 것을 알았다. 그때 차장이 승객들의 승차권을 검사하고 있었다.

표를 검사하던 차장이 아인슈타인에게 말했다.

"선생님이 누구신지 잘 압니다. 틀림없이 표를 사셨을 겁니다. 걱정하지 마세요."

아인슈타인은 빙그레 웃으며 고개를 끄떡이며 고맙다는 표시를 하고, 이 물리학자는 바닥에 엎드려 좌석 아래를 살피기 시작했다.

차장은, "박사님, 걱정하실 것 없다니까요. 전 선생님이 누구신지 잘 알고 있습니다."라고 거듭 말했다.

그러자 아인슈타인이, "내가 누군지는 나도 알아요. 그런데 내가 지금 어디로 가는 길이었는지 모르겠단 말이요."라고 말했다.

어디로 가는지 모른다는 말은 표가 없다는 직설적인 표현보다 얼마나 솔직한 고백인가.

슈바이처의 유머

슈바이처 박사가 모금 운동을 위해 오랜만에 고향에 들렀다. 수많은 사람이 그를 마중하러 역에 나왔다.

그가 1등 칸이나 2등 칸에서 나오리라 생각했던 사람들의 예상과는 달리 슈바이처 박사는 3등 칸에서 나타났다. 사람들이 왜 굳이 3등 칸을 타고 왔냐고 묻자, 박사는 빙그레 웃으며 대답했다.

"이 열차엔 4등 칸이 없더군요."

평범한 사람의 겸손함이 정말 대단하다.

엘리자베스 여왕의 유머

독일군의 포격으로 버킹엄 벽이 무너지자 엘리자베스 여왕은 이렇게 말했다.

"국민 여러분, 안심하십시오. 독일의 포격 덕분에 그동안 왕실과 국민 사이를 가로막고 있던 벽이 사라졌습니다."

여왕의 푸근함과 위기 때 국민과 함께하려는 의지가 느껴진다.

마거릿 대처 영국 수상의 유머

딱딱하게만 보이던 '철의 여인' 대처가 600명의 지도자가 모인 한 만찬장을 웃음바다로 만들었다.

"홰를 치며 우는 건 수탉일지 몰라도 알을 낳는 건 암탉입니다."

여자라고 무시하지 말라는 이 간단한 재치와 유머가 남성 중심의 보수적인 영국에서 그를 위대한 정치가로 만들었다.

철학자 쇼펜하우어의 유머

독일의 철학자 쇼펜하우어는 대식가로 알려져 있다.

어느 날 쇼펜하우어는 호텔 레스토랑에서 2인분을 혼자 먹었다.

옆 테이블의 사람들이 그 광경을 보고 '혼자 2인분을 먹다니'라며 비웃었다. 왜냐하면, 그 당시 상류 사회에서는 음식을 많이 먹는 사람을 업신여기는 풍조가 있었기 때문이다.

하지만 쇼펜하우어는 당황하지 않고 이렇게 말했다.

"전 늘 2인분을 먹습니다. 1인분만 먹고 1인분만 생각하는 것보다 2인분을 먹고 2인분의 생각을 하는 게 더 나으니까요."

밥값을 톡톡히 했다는 사실을 이 세상에 증명한 사람이다.

피카소의 유머

2차 대전 이후 피카소의 그림 값이 폭등했다. 한 부유한 부인이 그의 작업실을 방문해서 추상화를 보고 물었다.

"이 그림은 무엇을 표현하고 있습니까?"

피카소가 말했다.

"20만 달러를 표현하고 있습니다."

그림이란 감상하는 사람마다 그 느낌이 다르다. 느낌이 없다면 그 사람은 영혼이 없는 것이다. 피카소는 재치 있고 순발력 있게 당신은 그림을 볼 줄 모른다는 면박을 유머로 표현한 것이다.

화가 고흐의 유머

어떤 사람이 고흐에게 물었다.

"돈이 없어서 모델 구하기가 힘들다고요?"

"하나 구했어."

"누구요?"

"나요. 그래서 요즘 자화상만 그려요."

설명이 필요 없을 만큼 이 유머는 압권이다.

모파상의 유머

모파상은 파리의 경관을 망친다는 이유로 에펠탑 세우는 것을 반대했다. 그런 모파상이 매일 에펠탑에서 식사하는 게 아닌가.

사람들이 모파상에게 에펠탑이 싫다면서 왜 여기서 식사를 하느냐고 묻자, 모파상이 대답했다.

"파리 시내에서 에펠탑이 안 보이는 유일한 곳이 여기니까요."

나무 밑에 있으면 숲이 안 보인다는 말이 있듯 뼈가 있는 농담이다. 우회적인 이 말이 대문호답기도 하다.

드골 대통령의 유머

유명한 드골 대통령과 정치 성향이 전혀 다른 의원이 말했다.

"각하, 제 친구들은 각하의 정책이 매우 마음에 들지 않는다고 합니다."

그러자 드골이 말했다.

"아, 그래요? 그럼 친구를 바꿔보세요."

친구를 바꿀 수 없듯 자기의 신념을 굽히지 않겠다는 의지를 강하지 않지만, 재치로 넘기는 순발력이 돋보인다.

세상은 부드러워야 하고 인간관계도 부드러워야 사랑이 넘치게 된다. 우리의 삶도 늘 이렇게 유머가 넘치면 좋겠다.

먹고 살려면

鷄鳴狗盜계명구도
닭처럼 울며 개처럼 도둑질한다.

고양이가 쥐를 쫓고 있었다. 긴박한 레이스를 펼치다가 그만 놓쳐버렸다. 아슬아슬하던 찰나에 쥐가 쥐구멍으로 들어가 버린 것이다.

그런데 쥐구멍 앞에 쪼그리고 앉아있던 고양이가 갑자기 '멍멍! 멍멍멍!'하고 짖어댔다.

"이건 뭐야! 이거, 쫓던 놈이 갑자기 바뀌었나?"

쥐란 놈이 궁금하여 견딜 수가 없어서 대가리를 쥐구멍 밖으로 내미는 순간 그만 고양이 발톱에 걸려들고 말았다.

고양이가 의기양양하게 쥐를 물고 가며 세상 사람들에게 하는 말 좀 들어보소.

"요즘 세상에 밥이라도 먹고 살려면 적어도 2개 국어 정도는 해야 하지 않겠어?"

로또 하나 사 보세요

*覆水不返盆*복수불반분
엎어진 물은 다시 담지 못한다.

한 젊은 여자가 하루는 로또 번호를 잘 맞춘다고 소문난 점쟁이를 찾아갔다.

여자의 얼굴을 한참 들여다보던 점쟁이가 물었다.

"올해 외국 몇 번 다녀오셨나요?"

"여섯 번이요."

"자녀분은 몇 명이세요?"

"아들 하나, 딸 하나요."

"지난해에 책은 몇 권 읽으셨나요?"

"10권요."

"매달 신랑분하고 잠자리는 몇 번 하시나요?"

이 여자 조그만 소리로,

"여덟 번이요."

"그러면 관계 시간은 몇 분 정도 하시나요?"

여자는 얼굴을 붉히며,

"삼십오 분 정도요."

"그리고 좀 뭣한 질문입니다만, 올해 남편 외의 외간남자와는 몇 번 하셨나요?"

"어머머, 무슨 그런 말씀을 하세요? 저 그런 여자 아니에요."

점쟁이가 계속 고개를 갸우뚱갸우뚱하자,

"아, 아아, 예, 실수로 딱 한 번이요."

점쟁이 왈,

"네, 마지막 번호는 '1'이군요. 그렇다면 이번 주 1등 예상번호는 <6, 2, 10, 8, 35, 1>입니다."

그 주 토요일 저녁 로또 당첨번호가 발표되었는데 자신이 산 로또를 들고 당첨번호를 확인하던 여자는 깜짝 놀라 뒤로 자빠졌다.

1등 당첨번호가 <6, 2, 10, 8, 35, 18>이었기 때문이다.

"아아, 씨~발, 좀 솔직했어야 했는데...."

넣을 걸 넣어야지

掩耳盜鈴엄이도령
귀를 막고 방울을 훔친다.

　　강원도에서 목장을 운영하는 사람이 이번에 최
신형 하이테크(hightech) 우유 짜는 기계를 주문하였다.

　마침 마누라기 없을 때 그 기계가 배달되었다. 목장주인은 새로
들여온 기계라 신기하기도 하고 빨리 시험작동을 해보고 싶었으나
젖소를 몰고 오려면 시간도 걸리고 번거롭기도 해서 우선 자기 거시
기(?)를 그 기계에 넣었다.

　기계에 전원을 넣자 모든 것이 자동이었다. '윙' 하고 회전하는
것 같더니 아주 부드럽게 흡착하는데 갑자기 느껴지는 쾌감(!)이
마누라와는 비교도 되지 않았다.

　대단히 만족스럽게 작업을 끝낸 후 기계에서 거시기(?)를 빼려고
했으나 빠지지 않았다. 이 버튼 저 버튼 눌러봐도 되지 않았다.
사용설명서를 읽어보고 이런저런 온갖 방법으로 시도해보았으나
역시 빠지지 않았다.

　마누라 돌아올 시간은 다가오고 이것 참 야단났다. 고객센터에
전화를 걸었다.

"기계 성능이 상당히 좋구먼요. 그런데 젖을 다 짠 후 기계에서 어떻게 빼나요?"

"걱정하지 마세요. 그 기계는 모든 것이 자동이라 우유 2리터(ℓ)를 짜고 나면 자동으로 빠집니다."

고객센터 직원의 대답에 그 남자는 그냥 기절했다.

ㅋㅋㅋ 2리터! 어쩌지, 아저씨!

***

기업가의 신조

1986년 미국 기업가협회는 기업가의 신조를 발표하였다. 이는 기업 활동에 참여하고자 하는 모두에게 용기 있는 선언문이다.

「나는 평범한 사람이 되는 것을 거부한다. 나의 능력에 따라 비범한 사람이 되는 것은 나의 권리이다. 나는 안정보다는 기회를 선택한다. 나는 계산된 위험을 단행할 것이고 꿈꾸는 것을 실천하고 건설하며 또 성공하고 실패하기를 원한다. 나는 보장된 삶에 대한 도전을 선택한다. 나는 유토피아의 생기 없는 고요함이 아니라 성취의 전율을 원한다. 나는 어떤 권력자 앞에서도 굴복하지 않을 것이며, 어떤 위협에도 굽히지 않을 것이다. 자랑스럽고 두려움 없이 꿋꿋하게 몸을 세우고 서는 것, 스스로 생각하고 행동하는 것, 내가 창조한 결과를 만끽하는 것, 그리고 세상을 향해 하느님의 도움으로 내가 이 일을 달성했고, 이것이 기업가라고 힘차게 말할 수 있다.」

유머와 재치

才高八斗재고팔두
재주의 뛰어남이 여덟 말이다.

아인슈타인은 <상대성 이론>을 발표하고 엄청 난 강연 요청에 쉴 틈이 없었다.

어느 날 운전기사가 아인슈다인에게, "박사님, 너무 바쁘고 피로 하시지요? 제가 상대성 이론을 서른 번이나 들어 거의 암송하다시피 합니다. 다음번에는 제가 박사님 대신 강연해보면 어떨까요?"

공교롭게도 운전기사는 아인슈타인과 무척 닮았다. 서로 옷을 바꿔 입었다. 연단에 올라선 가짜 아인슈타인의 강연은 훌륭했다. 말, 표정 모두 진짜 아인슈타인과 정말 똑같았다. 어쩌면 진짜 아인슈타인보다 더 잘했다. 그런데 문제가 생겼다. 한 교수가 이론에 관한 질문을 한 것이다. 가슴이 '쿵' 내려앉았다.

정작 놀란 것은 가짜보다 운전사 복장을 한 진짜 아인슈타인이다.

그런데 가짜 아인슈타인은 조금도 당황하지 않았다. 빙그레 웃으면서, "그 정도의 간단한 질문은 제 운전사도 답할 수 있습니다. 어이 여보게, 올라와서 잘 설명해 드리게나."

와, 이 운전사 양반 노벨재치상이 있다면 당연히 수상감이다.

나이 92살 새신랑

耽於女樂탐어여락
여자의 풍류놀이를 탐한다.

　　재산이 아주 많은 70대 할아버지가 30대 아가씨와 연애결혼을 했다. 이를 신기하게 여기던 친구가 찾아와 새신랑 할아버지께 농담 반 진담 반 섞어 물었다.

"야! 역시 자네 대단해. 어떻게 하니 저 아름다운 처자가 자네한테 넘어오든가?"

"왜? 알고 싶은가?"

"우리 사이에 숨길 게 뭐 있나, 이 사람아."

"나이를 속였다네. 쉿! 안식구 듣겠네."

"그래 몇 살로 속였는가?"

"비밀 지켜주겠는가?"

"이 사람 또 왜 이래? 비밀 하면 나 아닌가, 이 사람아!"

"꼭 약속해, 응?"

"알았네. 비밀 지킴세."

"자네나 나나 이제 72살 아닌가? 안될 것 같아 92살이라고 속였다네. 빨리 죽을 거라, 생각할 것 같아서. ㅋㅋㅋ"

지금 하늘나라도 공사 중

同工異曲동공이곡
지은 것과 만들어진 것은 차이가 난다.

어느 날 한 남자가 죽어 하늘나라에 갔다. 평소에 얼마나 잘못을 많이 했던지 제 발로 지옥으로 찾아갔다.

그런데 지옥문 앞에 가 보니 '공사 중'이란 팻말이 붙어있었다. 투덜거리며 돌아서다가 염라대왕을 만나 그 이유를 물었다.

곧바로 염라대왕이 이렇게 말했다.

"수많은 찜질방과 불가마 사우나에 출입해온 한국 사람들 때문에 지옥 안을 다시 고치고 있다."

즉, 한국 사람들이 어찌나 찜질방 불가마 사우나를 많이 다녔는지 지옥 불 온도엔 끄떡도 하지 않는다. 오히려 '아! 따뜻하다. 아! 시원하다.'라고 한다.

그래서 지옥이 생긴 이래 처음 큰 개보수 공사를 하고 있었다. 모든 온도를 급격히 높이기 위해서였다.

그래서 그 남자는 진로를 바꿔 천국으로 갔다. 그랬더니 천국도 공사 중이었다.

그래서 옥황상제를 만나 그 이유를 물어봤다.

"천국에도 지금 한국 사람들 때문에 큰 공사를 하는 중이란다. 한국 사람들이 성형수술로 얼굴을 하도 많이 뜯어고치기 때문에 도무지 본인 여부를 확인할 수 없기도 하고, 확인하는 데 시간이 너무 많이 걸려 자동인식 시스템을 까는 중이다."

***

인생에서 늦었다는 말은 없다

54세에 햄버거 왕국을 이룩한 레이 클록은 수많은 아메리칸 드림의 성공담 중에서 가장 특이한 존재다. 그래서인지 미국의 많은 책에서 그의 성공비결을 다루고 있다.

클록의 성공법칙은 1) 늦었다는 말은 필요 없다. 2) 정상에 오를 기회는 가지각색임을 알아야 한다.

레이가 시카고에서 맥도널드 점포를 인수하여 시작한 것이 그의 나이 54세 때의 일이다. 레이는 자기의 인생, 진정한 레이 자신의 인생을 시작하여 세계 최고의 햄버거 왕국을 이룩하였다.

아무리 많은 반대가 있어도 양심에 옳다고 느껴지거든 그렇게 하라.
남이 반대한다고 자신의 신념을 꺾지 마라.

-채근담

인생 칼럼 모음

삶의 쉼터

처세

VIP는 누구인가

梅妻鶴子 매처학자
매화를 아내로 하고, 학을 아들로 하는 풍류 생활

우리나라 한 재벌 회장의 이야기다.

한 유명 기자 겸 중견작가가 중요한 일로 회장과 예성에 없던 인터뷰를 했다. 인터뷰를 마치자 회장이 말했다.

"저녁 식사를 모셔야 하는데, 오늘 마침 중요한 VIP와 선약이 있어서요. 다음에 꼭 모시겠습니다."

작가는 그게 누군지 궁금해져 물었다.

"혹시 외국에서 온 고위 정치인이나 재벌 회장입니까?"

회장이 웃으면서 대답했다.

"아닙니다. 부모님과 처, 자식 등 제 가족입니다."

작가가 감동하여 자신도 그날 다른 약속을 모두 취소하고 VIP를 만나러 집으로 갔다고 한다.

그렇다. 최고의 성공은 사랑하는 사람으로부터 사랑을 받는 일이며, 이 세상에서 최고의 VIP는 가족이다.

아침 출근하며 아내에게 말했다.

"내일은 저녁을 밖에서 먹어야 할 것 같아.... 내가 아는 최고의 VIP와 저녁을 함께 먹기로 했거든."

아내가 물었다.

"하, 좋으시겠네. 그게 누군데요?"

내가 말했다.

"누구긴, 당신하고 내 아이들이지."

출근하면서 언뜻 보니 아내가 콧노래를 흥얼거리며 청소를 한다.

"당신은 나의 'V VIP'예요."

사람이 삶을 살면서 역사에 이름을 남기는 위대한 업적보다도, 부모님과 가족을 위한 헌신적인 사랑이 어쩌면 더 크고 위대한 일일지 모른다. 재산목록 1호가 가족이다. 일도 중요하지만, 가족들과 행복한 시간을 가져야 한다. 가족들과 행복한 시간을 가져보라.

· · ·
이런 사람을 만나라

麻姑搔痒마고소양
생각대로 되어서 돌보아주는 보살핌이 구석구석까지 미침

　　　　　　내일을 이야기하는 사람과 만나라.
성공할 것이다.
자라는 식물과 대화하는 사람과 만나라.
사랑이 많은 사람이 될 것이다.
살아있음에 감사하는 사람과 만나라.
온 주위를 따뜻하게 할 것이다.
아무리 작은 일도 소중히 여기는 사람과 만나라.
가슴 따뜻한 이들이 몰려들 것이다.
생각만 해도 '대단하다' 싶은 사람과 만나라.
시대를 이끄는 사람이 될 것이다.
침묵을 즐기는 사람과 만나라.
믿음의 사람들을 만나게 될 것이다.
확신에 찬 말을 하는 사람과 만나라. 기준 잡힌 인생을 살 것이다.
부지런히 일하는 사람과 만나라. 풍요롭게 살 것이다.
웃는 사람과 만나라. 멀리 있는 복이 찾아올 것이다.

가장 멋진 인생이란

丹木警枕단목경침
공부에 온 힘을 기울임

가장 현명한 사람은 늘 배우려 노력하는 사람이고, 가장 훌륭한 정치가는 떠나야 할 때가 되었다면 하던 일 후배에게 맡기고 미련 없이 떠나는 사람이며, 가장 겸손한 사람은 개구리 되어서도 올챙이 적 잊지 않는 사람이다.

가장 넉넉한 사람은 자기한테 주어진 몫에 대하여 불평불만이 없는 사람이고, 가장 강한 사람은 타오르는 욕망을 스스로 자제할 수 있는 사람이며, 가장 겸손한 사람은 자신이 처한 현실에 감사하는 사람이다.

가장 건강한 사람은 늘 웃는 사람이며, 가장 인간성이 좋은 사람은 남에게 피해를 주지 않고 살아가는 사람이다.

가장 좋은 스승은 자신이 가진 지식을 제자에게 아낌없이 전해주는 사람이고, 가장 훌륭한 자식은 부모님의 마음을 상하지 않게 하는 사람이며, 가장 현명한 사람은 놀 때는 세상 모든 것을 잊고 놀며 일할 때는 오로지 일에만 전념하는 사람이다.

• • •
인생은 내일도 계속된다

枯木死灰고목사회
無爲無欲무위무욕의 경지

힘들면 잠시 근처의 벤치에 앉아 숨을 고르자!

고민해도 달라질 게 없다면 딱 오늘까지만 고민하고 내일은 내일의 삶을 살자!

꿈을 꾸어도 달라질 게 없어도, 그래도 내일부터 다시 꿈을 꾸자!

웃음이 안 나온다 해도 그래도 지금부터 그냥 이유 없이 웃기로 하자!

힘들다고 술로 지우려 하지 말고, 아프다고 세상과 작별할 생각 말고, 일이 잘 풀리지 않는다고 남을 원망하지 말고, 위기가 닥쳤다고 짜증 내지 말고 그러려니 하자!

좋지 않은 일은 간단하게 생각하고 좋은 일은 자주 자꾸자꾸 끄집어내자!

힘을 내자! 우리 모두 후회 없이 부딪히자!

두렵지만 이겨내자! 인생은 다행히 내일도 계속된다.

덮어주는 삶이 아름다워

九牛一毛구우일모
아홉 마리의 소털 가운데 불과 한 개

한 소년이 있었다. 화창한 날 기분 좋게 언덕을 올라가던 소년은 길에 튀어나온 돌에 걸려 넘어지고 말았다.

"이런 돌덩이가 왜 사람들 다니는 길에 있지?"

소년은 삽으로 돌부리를 캐내기 시작했다. 점차 돌의 크기가 드러났다. 땅 위에 보이는 돌은 사실 큰 바위의 한 부분이었다.

소년은 놀랐지만 결심했다.

"다시는 다른 사람들이 돌부리에 걸리지 않도록 파내야겠어!"

소년은 분한 마음 반, 정의감 반으로 거대한 돌에 달려들어 파내기 시작했다.

해가 뉘엿뉘엿 지기 시작하자, 소년은 삽을 놓았다.

"안 되겠다, 포기하자."

소년은 파놓았던 흙으로 돌이 있던 자리를 덮기 시작했다. 그러자 소년이 걸려 넘어졌던 돌부리도 흙에 덮여 보이지 않게 되었다.

소년은 중얼거렸다.

"왜 처음부터 이 방법을 생각 못 했지?"

늘 희망은 품어라

枯樹回生 고수회생
고목 나무에 꽃이 핀다.

어느 나라의 한 신하가 왕의 노여움을 사 사형당하게 되었다. 그는 어떻게든 살아남기 위해 왕에게 탄원하였다.

"만약 저에게 1년을 주신다면 왕께서 가장 소중히 여기는 말(馬)이 하늘을 날도록 가르쳐 보겠습니다. 만약 1년이 지나서도 말이 하늘을 날지 못한다면 그때 가서 저를 사형시켜도 좋습니다."

왕은 말을 너무나 특별히 소중하게 생각했기에 정말로 자신이 애지중지하는 말이 하늘을 날 수 있다면 그보다 더 기쁜 일은 없을 것이고, 만약 1년이 지나서 말이 하늘을 날지 못한다면 그때 이 사형수를 죽여도 손해 볼 것이 없다는 생각에, 또 정말 '혹여나' 하고 기대하는 마음에 그 사형수의 탄원을 받아들여 사형을 1년간 유예해 주었다.

이러한 놀라운 사건에 주위의 신하들이 걱정하는 마음으로 그 사형수에게 반문했다.

"아니, 당신이 무슨 수로 말이 하늘을 날도록 가르친다는 말이오? 도대체 그게 말이나 됩니까? 당신은 어쩌려고 그런 엄청난 거짓말을 했소?"

라고 이구동성으로 걱정을 했다.

　그러나 그 사형수는 아무런 걱정도 없이 이렇게 말했다고 한다.

　"1년 사이에 왕이 죽을 수도 있고, 아니면 내가 1년 사이에 병으로 죽을 수도 있고, 아니면 왕의 말이 죽을 수도 있지 않소. 1년이란 시간 동안 무슨 일이 일어날지 누가 알겠소. 혹시 또 모르지요. 1년 뒤에 말이 진짜로 하늘을 날게 되는지...."

　이것은 유대인의 경전 <탈무드>에 나오는 이야기다. 마지막까지 희망의 끈을 잡고 살겠다는 인간의 처절한 모습을 보여준다. 희망은 사람이 살아가게 하는 원동력이다.

　사람은 무엇으로 사는가? 여기에 대한 각자의 대답은 다르겠지만 그래도 공통적인 대답은 희망일 것이다. 사람은 희망이 있는 한 어떤 어려움도 견딜 수 있다. 그래서 어려움을 극복하고 열매를 얻는다 하여 '고진감래苦盡甘來'라 하였고, 성경에서는 '울며 씨를 뿌리는 자는 기쁨으로 단을 거두리라.'고 했다.

　국내외 각처에서 들려오는 뉴스가 낙관적이고 희망적인 소식보다는 암울한 소식이 더 많다. 그래도 희망을 품어 보자. 누가 알겠는가? 코로나가 우리의 생활을 더욱 풍요롭게 할는지. 코로나가 모든 질병을 먹어 치울는지 누가 알겠는가?

　그러니 절망적인 상황에서도 희망을 기대하는 것이 훨씬 덜 손해 보는 것 아니겠는가? 그러므로 희망은 실현 여부를 떠나 하나의 미덕이다.

마음을 비우다 보면

孤雲野鶴고운야학
속세를 버리고 명리를 초월해서 은거하는 사람

이제껏 살아온 중에 즐거워 웃는 날이 얼마던가? 아마 남을 속이고 죄만 짓고 살아온 날이 더 많을 것이다.

장사하는 사람은 자기 물건 나쁘다고 안 할 것이고 직장에서 동료를 미워해 본 사람도 있을 것이다. 개구리 올챙이 적 생각하고 초심을 버려서는 더욱 안 되며 항상 사람으로서의 근본을 지켜야 하고 인간의 도리를 다해야만 한다. 가진 자는 편안함에 안주하겠지만 없는 자는 조금 불편하다는 차이만 있을 뿐 똑같은 인간임이 틀림없다. 다만 누가 얼마나 보람되게 인생을 살다가 눈을 감느냐가 중요할 뿐이다. 인간은 병이 들어 고통받을 때야 뉘우치고 반성하게 되며 세월 흐른 뒤에 아무리 후회해본들 소용없다.

분명한 것은 우리가 이 세상에서 없어져도 물은 말 없이 그 자리에서 세월을 흘려보낸다는 것이다.

오늘부터 사는 게 고달프다 하지 마라. 현재 나보다도 더 고통받는 자가 많다는 사실도 알아야 하며 이 고통도 나를 발전시키는 하나의 행복이려니 하고 용기 있게 열심히 살아야 한다.

인맥 만들기 성공학

*教學相長*교학상장
스승과 제자가 함께 성장함

1. 생명의 은인처럼 만나라.

만나는 사람마다 생명의 은인처럼 대하라. 항상 감사하고 어떻게 보답할 것인지 고민하라. 그 사람으로 인하여 운명이 바뀌었고, 또 앞으로도 바뀔 것이다. 언젠가 그럴 순간이 생기면 기꺼이 너의 생명을 구해줄 것이다.

2. 적을 만들지 말라.

친구는 성공을 가져오나, 적은 위기를 가져오고 성공을 무너뜨린다. 조직이 무너지는 것은 3%의 반대자 때문이며, 10명의 친구가 한 명의 적을 당하지 못한다. 쓸데없이 남을 비난하지 말고, 항상 악연을 피하여 적이 생기지 않도록 하라.

3. 스승부터 찾아라.

인맥에는 지도자, 협력자, 추종자가 있으며 가장 먼저 필요한 인맥은 지도자와 스승이다. 훌륭한 스승을 만나는 것은 인생에서 50%

이상 성공한 것이나 다름없다. 유비도 삼고초려三顧草廬 했으니 좋은 스승을 찾아 삼고초려 해라.

4. 먼저 인간이 되어라.

좋은 인맥을 만들려 하기 전에 먼저 자신의 인간성부터 살펴라. 이해타산에 젖지 않았는지, 계산적인 만남에 물들지 않았는지 살펴보고 고쳐라. 유유상종이라 했으니 좋은 사람을 만나고 싶으면 당신부터 먼저 좋은 사람이 되어라.

5. 첫사랑보다 강렬한 인상을 남겨라.

첫 만남에서는 첫사랑보다도 강렬한 이미지를 남겨라. 길거리에서 발길에 차인 돌처럼 잊히지 말고 애써 얻은 보석처럼 상대방의 가슴에 남아있어라.

6. 헤어질 때 다시 만나고 싶은 사람이 되어라.

함께 있으면 즐거운 사람, 함께 하면 유익한 사람이 되어라. 든 사람, 난 사람, 된 사람, 그도 아니면 웃기는 사람이라도 되어라.

7. 하루에 세 번 참고, 세 번 웃고, 세 번 칭찬하라.

참을 인忍자 셋이면 살인도 면한다. 미소는 가장 아름다운 이미지 만들기이며 칭찬은 고래도 춤추게 한다. 10배라도 참고 웃고 칭찬하라.

8. 내 일 같이 생각하고 처리하여라.

애경사가 생기면 진심으로 함께 기뻐하고 함께 슬퍼하라. 네 일이 내 일 같아야 내 일도 네 일 같다.

9. 주고 준 것을 잊어라.

Give, Give Forget 하라. 먼저 주고, 조건 없이 주고, 더 많이 주고, 조건 없이 더 많이 주고 줄 때는 아무 말 하지 마라. 그리고 되도록 빨리 모두 잊어버려라! Give & Take 하지 마라. 받을 거 생각하고 주면 정떨어진다.

10. 인맥은 영원한 인맥으로 만나라.

잘 나간다고 가까이하고, 어렵다고 멀리하지 마라. 한 번 인맥으로 만났으면 영원한 인맥으로 만나라. 100년을 넘어서 대를 이어서 만나라.

작은 모래 한 알

堤潰蟻穴제궤의혈
큰 둑도 개미구멍으로 무너진다.

줄곧 일등으로 달리다가 42.195km 완주를 얼마 남겨놓지 않고 갑자기 멈춰 선 마라토너에게 한 기자가 물었다.

"잘 달리다가 왜 갑자기 포기하고 말았습니까? 무엇이 당신을 가장 힘들게 했습니까? 더운 날씨인가요? 높고 가파른 언덕 때문인가요? 아니면...?"

그 질문에 마라토너는 가쁜 숨을 몰아쉬며 대답했다.

"반환점을 막 지났을 때 운동화 속으로 들어온 작은 모래알 하나 때문입니다."

기자의 예상과 달리 그를 가장 힘들게 한 것은 더운 날씨도, 가파른 언덕도, '마라톤의 벽'이라 불리는 30km 지점도 아니었다. 대수롭지 않을 것 같은 모래 한 알이 그토록 그를 괴롭힌 것이다.

이처럼 성공을 향한 마라톤에서도 아주 작은 것이 생각보다 큰 장애가 되곤 한다. 혹시 지금 당신의 운동화 속에 들어와 있는 작은 모래알이 없는지, 그리고 그것의 실체가 무엇인지 한 번 점검해보기 바란다.

살다 보면 아주 사소한 작은 것이 삶을 힘들게 할 때가 있다. 목에 걸리는 것은 소의 큰 뼈가 아니다. 아주 작은 생선 가시가 걸려서 힘들게 하는 것이다.

살아가면서 인간관계도 지극히 사소한 것이 큰 오해와 불신을 일으키곤 한다.

말 안 하고 살 수 있는 사람 있을까? 사람들은 말로 수많은 것들을 표현하고 살아간다. 입술의 30초가 가슴의 30년 된다고 하듯 일상에서 아주 사소한 것 같지만 어떤 말은 상대에게 꿈과 용기와 희망을 주기도 하고, 어떤 말은 분노와 오해와 절망을 주기도 한다.

"사람을 변화시키려면 비록 작고 사소한 일일지라도 격려의 말을 아끼지 말아야 한다. 작은 물결이 모여 큰 물결이 되고, 그 힘은 일찍이 꿈꾸지도 못했던 거대한 제방을 허물어뜨린다."라고 데일 카네기는 《생각이 사람을 바꾼다》에서 말했다.

공주처럼 귀하게 자라서 부엌일을 거의 안 해본 여자가 결혼해서 처음으로 시아버지 밥상을 차리게 되었다.

오랜 시간이 걸려 만든 반찬은 그럭저럭 먹을 만했는데, 문제는 밥이었다.

"식사준비가 다 되었느냐?"는 시아버지의 말씀에 하는 수 없이 밥 같지 않은 밥을 올리면서 죄송하고 미안한 마음으로 며느리가 말했다.

"아버님, 용서해 주세요! 죽도 아니고 밥도 아닌 것을 해왔습니다! 다음부터는 잘 하도록 하겠습니다!"

혹독한 꾸지람을 각오하고 있는 며느리에게 시아버지는 뜻밖에도 기쁜 얼굴로 이렇게 말했다.

"아가야, 참 잘됐다! 실은 내가 몸살기가 있어서 죽도 먹기 싫고, 밥도 먹기 싫던 참이었는데 이렇게 죽도 아니고 밥도 아닌 것을 해왔다니 정말 고맙구나!"

이 사소한 말 한마디가 며느리에게 깊은 감동으로 남아서 시아버지 생전에 극진한 효도를 다 했다고 한다.

'그동안 친정에서 뭘 배웠냐? 대학은 폼 재려고 나왔냐? …. 등등으로 상처를 줄 법도 한데, 그러지 않으시고 오히려 무안해할 며느리에게 따뜻한 말씀을 하신 시아버지는 정말 지혜로운 분이다.

그 지혜로운 인격과 성품으로 그 시아버지는 평생 극진한 섬김을 받은 것이다.

이렇듯 상대방의 입장을 헤아려주는 한 마디로 천 냥 빚을 갚기도 하고, 상처 주는 말 한마디로 평생 원수가 되기도 한다.

자신의 불행한 운명은 바로 자신의 입에서부터 시작되는 것이다. 입은 몸을 치는 도끼고 몸을 찌르는 날카로운 칼날이다.

인간관계는 유리그릇과 같아서 조금만 잘못해도 깨지고 사소한 말 한마디에 상처받고 원수가 되어 버린다.

우정을 쌓는 데는 수십 년이 걸리지만, 그것을 무너뜨리는 데는 단 1분이면 족하다.

서로서로 따뜻하고 정다운 말 한마디로 상대를 배려하고 서로 신뢰할 수 있는 삶으로 함께 살아가기를 바란다.

오늘도 상대방의 입장을 헤아려주는 넓은 마음을 가진 하루가 되기를 응원한다.

말의 지혜

口禍之門 구화지문
입은 재앙을 불러들이는 문이다.

어느 병원의 로비에 적혀 있는 글이다.

「개에 물려 다친 사람은 반나절 만에 치료를 마치고 돌아갔습니다. 뱀에 물려 다친 사람은 3일 만에 치료를 마쳤습니다. 그러나 사람의 말(言)에 다친 사람은 아직도 입원 중입니다.」

이스라엘 사람들이 다섯 살 때부터 가르치는 조기교육 '토라'에서 가장 먼저 가르치는 것이 '말에 대한 7계명'이다.

  1. 항상 연장자에게 발언권을 먼저 주라.
  2. 다른 사람 이야기 도중에는 절대 끼어들지 마라.
  3. 말하기 전에 충분히 생각하라.
  4. 대답은 당황하지 말고 천천히 여유 있게 하라.
  5. 질문과 대답은 간결하게 하라.
  6. 처음 할 이야기와 나중에 할 이야기를 구별하라.
  7. 잘 알지 못하고 말했거나 잘못 말한 것은 솔직하게 인정하라.

. . .

생각의 차이

先入見선입견
먼저 들어온 생각

　　20대 금발의 여성이 맨해튼에 있는 은행 안으로 들어와서 대출담당자를 찾았다. 그녀는 업무상 유럽에 출장 가서 2주간 체류할 예정이라면서 5천 달러(약 6백만 원)가 필요하다며 은행에 대출을 요청했다.

　은행 담당자는 그 여성에게 대출을 위해서는 보증을 위한 담보가 필요하다고 설명했고, 그녀는 담보물로 자신의 롤스로이스 차량 열쇠를 건네줬다.

　그 자동차가 그녀의 이름으로 등록된 차량임을 확인한 은행 측은 모든 신상정보가 이상 없음을 확인했다. 은행에서는 그녀의 차를 담보로 5천 달러의 대출을 승인했다.

　은행장과 직원들은 고작 5천 달러를 대출하기 위해 25만 달러(약 3억 원)짜리 고급 차를 담보로 맡긴 그녀를 의아하게 생각했다.

　한 은행직원이 대출 담보물인 그녀의 차를 곧바로 은행 지하 차고에 예치 완료하였다.

　그녀는 2주 후에 돌아와서 원금 5천 달러에 이자 15달러 41센트

(약 1만8천 원)를 합해 은행대출금을 갚았다.

은행 대출담당자가 그녀에게 물어봤다.

"아가씨, 우리는 정확한 날짜에 돈을 갚아주신 데 대해 대단히 감사하고 있습니다. 그런데 한 가지 궁금한 점이 있는데 여쭤봐도 되겠습니까? 아가씨께서 5천 달러를 대출해 가신 후, 우리 은행이 아가씨의 신용정보를 조회해보니, 억만장자이시더군요. 그런데 고작 5천 달러를 빌리는 데 어려움이 있으셨던가요?"

은행원의 질문이 떨어지자 그 금발의 여성이 대답했다.

"복잡하고 빈자리가 없는 뉴욕에서 2주간 주차하는 데 고작 15달러 41센트만 내면 되는 곳이 여기 말고 또 어디 있겠어요?"

세계적 도시 뉴욕의 번화가, 왕래가 빈번한 길거리에 앞을 못 보는 노인이 구걸하고 있었다.

그 노인의 앞에는, 「I'm Blind. Please Help Me.」「나는 봉사입니다. 도와주세요.」라는 글씨가 적힌 판지가 놓여있었다.

많은 사람이 그 판지의 글을 읽으면서 불우한 늙은 봉사의 앞을 지나가지만, 가끔 한두 사람이 동전 한 닢을 던지다시피 보태주는 시늉을 하며 바삐 지나갈 뿐이었다.

그때 젊은 여성 한 사람이 그 봉사 앞을 지나가다가 판지를 집어 들더니 그 판지 뒷면에다 사인펜을 꺼내, 「It's a beautiful day, but I can`t see it.」「아름다운 날입니다. 하지만 나는 그걸 볼 수 없네요.」라고 고쳐 놓았다. 그랬더니 봉사의 앞을 지나는 사람은 너나 할 것 없이 노인의 앞에 놓인 깡통에 동전은 물론, 지폐까지 던지지 않고 공손히 넣고 지나가는 것이었다.

깡통에는 순식간에 동전과 지폐가 차고 넘쳐났다.

판지에 적혔던 처음 글이나 나중에 아가씨가 내용을 고쳐서 적은 글의 내용은 사실 같은 의미다. 그러나 표현을 다르게 고쳐 썼을 뿐이다.

모든 것은 어떻게 생각하느냐에 따라 달라진다.

그렇다. 우리는 생각을 조금만 달리하면 효율적인 해결방안을 찾을 수 있다. 이것이 바로 창조적 아이디어 아니겠는가?

***

유대인의 비즈니스 10계명

1. 계약은 생명이다. 우리는 하느님과도 계약했다.
2. 서명은 신중하게. 운명이 걸려있다.
3. 막히면 뚫어라. 모든 길은 마음에서 나온다.
4. 온 세상이 장사 거리다. 푸른 하늘의 구름도 쥐어짜면 비가 된다.
5. 올바른 장사를 하려면 시장으로 가라.
6. 신용이 없으면 문이 열리지 않는다.
7. 한 우물을 깊이 파라. 맑은 물이 용솟음칠 것이다.
8. 정보를 수집하라. 거래 성패가 좌우된다.
9. 체면과 형식에 얽매인 자는 알맹이가 없으니 멀리하라.
10. 유대인이 세계 경제를 좌우한다고 하는 이방인을 경계하라. 곧 칼을 들이댄다.

유대인 어머니가 딸에게 보내는 편지

擧案齊眉거안제미
밥상을 눈 위까지 들어 올린다.

유대인 어머니들은 결혼을 앞둔 딸에게 다음과 같은 편지를 꼭 보낸다.

「사랑하는 딸아 네가 남편을 왕처럼 섬긴다면 너는 여왕이 될 것이다.

만약 남편을 돈이나 벌어오는 하인으로 여긴다면 너도 하녀가 될 뿐이다.

네가 지나친 자존심과 고집으로 남편을 무시하면 그는 폭력으로 너를 다스릴 것이다.

만일 남편의 친구나 가족이 방문하거든 밝은 표정으로 정성껏 대접하라. 그러면 남편이 너를 소중한 보석으로 여길 것이다.

항상 가정에 마음을 두고 남편을 공경하라. 그러면 그가 네 머리에 영광의 관을 씌워줄 것이다.」

따뜻함

*報怨以德*보원이덕
심한 괄시를 받았더라도 은혜로 보답하려는 정신

중국 노나라에 '민손'이라는 사람이 있었다.

일찍 생모를 여의고 계모에게서 동생 둘이 태어났는데, 계모는 아버지의 눈을 피해 늘 그를 학대하였다.

겨울철에도 두 동생에겐 솜을 넣어 옷을 지어 입혔지만, 그의 옷에는 부들 풀을 넣어 겉보기엔 솜옷과 다르지 않은 옷을 입혔다.

어느 겨울 그가 아버지의 마차를 몰게 되었는데, 너무 추워서 떨다가 말고삐를 땅에 떨어뜨리고 말았다.

이에 아버지가 말이 움직이지 못하도록 채찍을 휘두른 것이 잘못되어 그의 옷을 스쳤다. 그러자 찢어진 옷 사이로 부들 꽃이 풀풀 날아 나왔다.

이를 본 아버지는 그동안 아들이 계모의 학대를 받았음을 알게 되었다.

집으로 돌아온 아버지가 화난 기색으로 서둘러 방을 나서려 하자, 민손이 여쭈었다.

"아버지, 옷도 갈아입지 않고 어딜 가려 하십니까?'"

"내 이제야 어미가 너를 그토록 모질게 대했음을 알았으니 그냥 둘 수 없다! 당장 내쫓아야겠다!"

민손은 아버지 앞에 무릎을 꿇었다.

"부디 노여움을 거두십시오, 아버님! 어머님이 계시면 한 자식만 추울지 몰라도, 안 계시면 세 자식이 추위에 떨어야 합니다."

차를 내오다가 문밖에서 부자의 대화를 엿들은 계모의 눈에서는 뜨거운 눈물이 흘러내렸다.

우리는 사랑을 '따뜻하다'라고 표현한다. 따뜻함은 얼어붙은 마음을 녹일 수 있다. 그러한 마음을 지닌 이, 얼어붙은 마음에 손을 내밀 수 있는 이는 결국 그에 합당한 복을 받게 되는 것이 인과의 법칙이다.

꽃의 향기는 십 리를 가고, 말의 향기는 천 리를 가고, 나눔의 향기는 만 리를 가고, 인격의 향기는 영원히 간단다.

설니홍조雪泥鴻爪

怪癖괴벽
괴이한 버릇. 고질병

나이가 중년을 넘으면 존경은 받지 못할지언정 욕은 먹지 말아야 한다.

소동파의 시에 설니홍조雪泥鴻爪라는 표현이 있다. '기러기가 눈밭에 남기는 선명한 발자국'이란 뜻이다. 그러나 그 자취는 눈이 녹으면 없어지고 만다. 인생의 흔적도 이런 게 아닐까?

언젠가는 기억이나 역사에서 사라지는 덧없는 여로이지 않은가. 뜻 있는 일을 하면서 성실하게 살고 하늘을 우러러 한 점 부끄럼 없이 지내는 일이 참 어렵다.

중국 고사에 '강산이개江山易改 본성난개本性難改'이라는 문장이 있는데, '강산은 바꾸기 쉽지만, 본성은 고치기 힘들다.'라는 뜻이다. 나이 먹을수록 본성이 잇몸처럼 부드러워져야 하는데 송곳니처럼 뾰족해지는 경우가 많다.

소크라테스가 '너 자신을 알라' 하고 일갈했을 때, 그의 친구들이 '그럼, 당신은 자신을 아느냐?'라고 되물었다. 그때 소크라테스는 '나도 모른다. 그러나 적어도 나는 나 자신을 모른다는 것은 알고 있다.'라고 말했다.

자신의 부끄러움을 아는 것이 본성을 고치는 첩경일 수 있다.

어느 책에 보니 사람은 다섯 가지를 잘 먹어야 한다고 씌어 있다.

1. 음식을 잘 먹어야 한다. 2. 물을 잘 먹어야 한다. 3. 공기를 잘 먹어야 한다. 4. 마음을 잘 먹어야 한다. 5. 나이를 잘 먹어야 한다.

이것은 건강한 삶의 비결이기도 하지만, 우리가 존경받는 삶의 길이기도 할 것이다.

'중년을 넘어서면 삶의 보람과 의미를 찾기보다는 존경을 받아야 한다.'는 말이 있다. 나는 '존경은 받지 못할지언정 욕은 먹지 말아야 한다.'는 신념을 지니고 산다.

패션 디자이너 '코코 샤넬'은 '스무 살의 얼굴은 자연의 선물이고, 쉰 살의 얼굴은 당신의 공적이다.'라는 명언을 남겼다.

중년 이후의 얼굴은 그 사람 삶의 결과라 할 수 있을 것이다. 나이를 잘 먹는다는 것은 정말로 어려운 것이다. 따라서 큰 업적이나 칭찬받기보다는 지탄받거나 상대방에게 상처 주지 않는 인생이 더 위대한 삶이 아닐까 생각해 본다.

이어서 '사향노루 이야기'를 전한다.

어느 숲속에서 살던 사향노루가 코끝으로 와 닿는 은은한 향기를 느꼈다.

"이 은은한 향기의 정체는 뭘까? 어디서, 누구에게서 시작된 향기인지 꼭 찾고 말 거야."

그러던 어느 날, 사향노루는 마침내 그 향기를 찾아 길을 나섰다. 험준한 산 고개를 넘고 비바람이 몰아쳐도 사향노루는 발걸음을 멈추지 않았다. 온 세상을 다 헤매도 그 향기의 정체는 찾을 수가 없었다.

하루는 깎아지른 듯 가파른 절벽 위에서 여전히 코끝을 맴도는 향기를 느끼며 어쩌면 저 까마득한 절벽 아래에서 향기가 시작되는지도 모르겠다는 생각을 했다. 사향노루는 그 길로 한 치의 망설임도 없이 절벽을 내려가기 시작했다. 그러다가 한쪽 발을 헛디디는 바람에 절벽 아래로 추락하고 말았다.

사향노루는 다시는 일어날 수 없었다. 하지만 사향노루가 쓰러져 누운 그 자리엔 오래도록 은은한 향기가 감돌고 있었다.

죽는 순간까지 향기의 정체가 바로 자신이라는 것을 몰랐던 사향노루의 슬프고도 안타까운 사연은 어쩌면 우리의 이야기인지도 모른다.

지금 이 순간, 바로 여기, 나 자신에게서가 아니라 더 먼 곳, 더 새로운 곳, 또 다른 누군가를 통해서 행복과 사랑, 진정한 삶의 의미를 찾을 수 있으리라고 믿고 있는 우리야말로 끝내 자신의 가치를 발견하지 못하고 비명횡사한 사향노루가 아닐까?

우리 각자는 최고의 향기를 풍기는 소중한 존재임을 잊지 말았으면 좋겠다.

하루살이와 메뚜기와 개구리

有備無患유비무환
사전에 준비가 있어야 화를 면한다.

'하루살이'가 아침부터 '메뚜기'와 놀다가 저녁이 되었다. 메뚜기가 하루살이에게, "하루살이야, 벌써 저녁이 되었으니 오늘은 그만 놀고 내일 만나자!"라고 했다.

그러자 하루살이가 메뚜기에게 물었다. "내일이 뭔데?"

하루살이는 하루만 살기 때문에 '내일'을 모른다.

하루살이가 죽고 나니 메뚜기는 외로웠다. 그래서 만난 것이 '개구리'였다. 개구리와 놀다가 가을이 왔다. 그러자 개구리가 "메뚜기야! 겨울이 지나고 내년에 만나서 놀자!"라고 했다.

그러자 메뚜기가 개구리에게, "내년이 뭐야?"라고 물었다.

메뚜기는 '내년'을 모른다. 한 철만 살기 때문이다.

우리 인생도 똑같다. 아는 것만 알다가 떠난다. 아무 준비도 없이 칠십, 팔십 지나도 일만 하다가 세상을 떠나는 사람들을 보게 된다. 좋아하는 여행 한 번 제대로 못 하고 이 세상을 떠난다. 지는 해를 바라보며 따르기보다는 뜨는 해를 바라보라.

좋은 것만 담을 수 있다면

去者不追거자불추
가는 사람은 붙들지 않는다.

귀에 들린다고 생각에 담지 말고, 눈에 보인다고 마음에 담지 마라. 담아서 상처가 되는 것은 흘려버리고 담아서 더러워지는 것은 쳐다보지 마라. 좋은 것만 마음에 가져올 수는 없지만, 마음을 아프게 하는 것들은 지워버려라.

귀에 거슬린다고 귀를 막아버리지 말고, 마음을 아프게 한다고 눈을 감지 마라. 귀를 열어놓아야 노래를 부를 수 있고 눈을 뜨고 있어야 예쁜 것들을 마음에 담을 수 있으리라.

세상에는 슬픈 일보다 기쁜 일이 더 많기에 웃으면서 사는 것이다. 싫다고 떠나는 것, 멀리 있는 것을 애써 잡으려 하지 말자. 스쳐 지나간 그리운 것에 목숨 걸지도 말자. 그것이 일이든 사랑이든 욕망이든 물질이든 흐르는 시간 속에 묻어두자.

지금 내 앞에 멈춘 것들을 죽도록 사랑하며 살자. 오랜 시간이 흘러 나를 찾았을 때 그때도 그들이 못 견디게 그리우면 그때 열어보자. 그때까지 미치도록 그리워도 시간 속에 묻어두고 지금 내 앞에 멈춘 것들에 몰입하여 죽도록 사랑하며 살자.

물이 맑으면 큰 고기는 없다

釣而不網조이불강
낚시질은 하되 그물질은 하지 않는다.

　　　　　수청무대어水清無大魚 '물이 너무 맑으면 큰 고기
는 없다'

　산이 높고 험준한 곳에는 나무가 없으나 굽이굽이 감도는 골짜기
에는 초목이 무성하다. 또 물살이 세고 급한 곳에는 물고기가 없으
나, 물이 깊고 고요하면 물고기가 모여든다.

　그런즉 이처럼 높고 험한 행동과 세고 급한 마음은 군자가 깊이
경계해야 한다. 즉 사람도 너무 결백한 척하면 그 주위에 사람이
없다.

　따라서 사람은 '완만한 골짜기처럼, 깊은 물을 담고 있는 못처럼'
풍부한 포용력을 갖는 것이야말로 모든 조직원의 소질과 능력을
발휘시키는 원동력이 될 수 있을 것이다.

　사람과 사업은 적재적소가 중요하다. 물이 너무 맑으면 고기가
없고, 또 너무 흐리면 고기는 살 수가 없다. 따라서 흐린 듯 맑고
맑은 듯 흐리게 살아가는 것도 삶의 지혜가 아닐까 생각해 본다.

부처님의 7가지의 좋은 습관과 행운

• • •

如是我聞여시아문
나는 이렇게 들었다.

어떤 이가 석가모니를 찾아가 호소하였다.

"저는 하는 일마다 제대로 되는 일이 없으니 이것은 무슨 이유입니까?"

"그것은 네가 남에게 베풀지 않았기 때문이니라."

"저는 아무것도 가진 게 없는 빈털터리입니다. 남에게 줄 것이 있어야 주지, 뭘 준단 말입니까?"

"그렇지않느니라."

"아무리 재산이 없더라도 남에게 줄 수 있는 일곱 가지는 누구나 다 가지고 있다.

1. 화안시和顔施

   얼굴에 화색을 띠고 부드럽고 정다운 얼굴로 남을 대하는 것.

2. 언시言施

   얼마든지 베풀 수 있는 사랑의 말, 칭찬의 말, 위로의 말, 격려의 말, 양보의 말, 부드러운 말 등.

3. 심시心施

   마음의 문을 열고 따뜻한 마음을 주는 것.

4. 안시眼施

   호의를 담은 눈으로 사람을 보아 눈으로 베푸는 것.

5. 신시身施

   몸으로 때우는 것으로 남의 짐을 들어주거나 일을 돕는 것.

6. 좌시座施

   때와 장소에 맞게 자리를 내주어 양보하는 것.

7. 찰시察施

   굳이 묻지 않고 상대의 마음을 헤아려 알아서 도와주는 것.

   네가 이 일곱 가지를 잘 행하여 습관이 붙으면 너에게 행운이
따르리라."

성내는 마음

柳眉倒竪유미도수
여자가 몹시 화가 나서 눈썹을 곤두세우는 모습

「성내는 마음은 잘 익은 곡식들을 못 쓰게 만드는 우박과 같다. 성내는 마음은 모든 계율을 태우고 선근을 태워버리는 불과 같다. 성을 내면 얼굴빛이 추한 모습으로 변하는 원인이 된다.」

<정법염처경>

우리가 지금 까닭 없이 당하고 있는 어려움이 있다면 이전에 우리 부모들이 업을 지어서 우리가 받는 것이 아닌가 생각할 수도 있다. 업의 파장은 당장에 미치지는 않는다.

업은 무서운 것이다. 우리의 말 한마디, 행동 하나하나가 업이 된다. 남에게 상처를 입히면 나 자신도 상처를 입는다. 그것은 메아리다. 세상에서 일어나고 있는 일련의 일들은 인과관계의 고리로 이어져 있다.

좋은 나무는 쉽게 크지 않습니다

助長조장
자라도록 도와줌

봄이 오기 직전이 가장 추운 법이고 해뜨기 직전이 가장 어두운 법이다. 당신의 습관을 최대한 다스려라. 그렇지 않으면 그것들이 당신을 지배하게 된다.

떠날 때 우리는 모두 시간이라는 모래밭 위에 남겨놓아야 하는 발자국을 기억해야 한다. 산속의 적은 물리치기 쉬워도 마음속의 적은 그렇지 못하다.

남에게 속는 가장 확실한 방법은 자신이 남보다 영리하다고 굳게 믿는 것이다. 이 세상에는 두 부류의 사람이 있다. 그 하나는 자신을 죄인으로 여기는 옳은 사람과 또 다른 하나는 자신을 옳다고 여기는 죄인이다.

우리가 기쁨 가운데 있을 때 '하나님'은 속삭이시지만, 우리가 고통 가운데 있을 때 그분은 크게 외치신다. 아무리 곤경에 처해도 당황하지 마라. 사방이 다 막혀도 위쪽은 언제나 뚫려있고 하늘을 바라보면 희망이 생긴다.

젊음은 마음의 상태지 나이의 문제가 아님을 명심하라. 매력은 눈을 놀라게 하지만 미덕은 영혼을 사로잡는다.

믿음은 칫솔과도 같다. 정기적으로 매일 사용해야 한다. 그러나 남의 것은 쓸 수가 없다.

때때로 죽음을 생각하라. 그리고 그 위에 당신의 생명을 설계하라. 오늘이 마지막이라고 생각하라. 죽음의 갈림길에 서 있음을 안다면 인생의 무게가 한층 더해질 것이다.

좋은 집을 지으려 하기보다 좋은 가정을 지어라. 호화주택을 짓고도 다투며 사는 사람이 있는가 하면 오막살이 안에 웃음과 노래가 가득한 집이 있으니.

크게 되기 위해서는 먼저 작게 시작해야 할 때가 있음을 기억하라. 좋은 나무는 쉽게 크지 않는다. 바람이 강하면 나무도 강해시고 숲이 어두우면 나무는 하늘을 향해 높이 뻗어간다. 햇빛과 추위와 비와 눈은 모두 나무를 좋은 재목으로 만들어주는 최고급 영양소다.

인생의 시계는 단 한 번 멈추지만 언제 어느 시간에 멈출지는 아무도 모른다. 지금이 내 시간이라 하고 살며 사랑하며 수고하고 미워하지만, 내일은 믿지 마라. 그때는 시계가 멈출지도 모르기 때문이다.

인생에서 중요한 것은 실패하지 않는 것이 아니라 실패해도 좌절하지 않는 데 있다. 꿈을 계속 가지고 있으면 언젠가는 반드시 그것을 실현할 때가 온다. 그러므로 오늘 어떤 꿈을 가지고 있다면 기회를 사용하도록 철저히 준비하라.

어떤 바보라도 사과 속의 씨는 헤아려 볼 수 있다. 그러나 씨 속의 사과는 하늘만 안다.

별을 좋아하는 사람은 꿈이 많고, 비를 좋아하는 사람은 슬픈 추억이 많고, 눈을 좋아하는 사람은 순수하고, 꽃을 좋아하는 사람은 아름답고, 이 모든 것을 좋아하는 사람은 지금 사랑을 하는 사람이다. 지금 사랑을 하는 사람은 힘이 들고 어려워도 행복한 사람이다. 그 사랑의 힘이 당신의 어려운 삶을 행복으로 바꾸어 줄 것이다.

***

만족한 삶을 위한 비결

1. 자신을 과소평가하지 말고 유능한 사람이라고 생각하라.
2. 자기 연민을 버려라. 자신이 가진 것만 생각하고 잃은 것은 생각하지 마라.
3. 대가를 바라지 말고 주위 사람들에게 도움을 주어라.
4. '강인한 의지가 있는 자가 세계를 정복할 수 있다.'라는 괴테의 말을 되새겨라.
5. 목표를 가져라. 그리고 그것을 실천할 시간표를 작성하라.
6. 지금 해야 할 것이 무엇인가를 생각하라.

인욕忍辱

*慈悲忍辱*자비인욕
중생에게 자비하고 온갖 욕됨을 스스로 굳게 참음

「노여워하지 않는 것이 인욕이요, 남을 해치지 않는 것이 인욕이요, 다투지 않는 것이 인욕이요, 살생하지 않는 것이 인욕이다. 또 자기 자신을 지키는 것이 인욕이요, 남을 지켜주는 것이 인욕이요, 탐욕을 제거하는 것이 인욕이요, 온갖 세속의 괴로움을 멀리하는 것이 인욕이다.」

<보살장정법경>

사람들은 어떤 문제가 닥치면 화를 내거나 피하려고만 한다. 그러나 그것으로 문제는 해결되지 않으며, 자칫 돌이킬 수 없는 파국을 맞이하기 쉽다. 지혜로운 사람은 문제에 부딪혔을 때 화를 내거나 피하려 하지 않고, 문제의 핵심을 파악하여 엉킨 실타래를 풀어가듯 문제를 풀어가니 뒤끝이 없다.

적에게도 예의를 갖추어라

仁者無敵인자무적
어진 사람은 남을 사랑하므로 자연히 적이 없다.

깍듯한 예의를 차리는 것만큼 호감을 얻는 좋은 방법은 없다. 예의는 교양에서 비롯되며, 이는 모든 사람의 호의를 얻어내는 일종의 마법과도 같다.

반대로 무례한 태도는 사람들의 비난과 반감을 사기 십상이다. 자만에서 비롯된 무례함은 거만하고 거칠며, 천박함에서 비롯된 무례함은 타인에게 경멸을 불러일으키게 한다.

자신의 가치를 높이고 싶다면 적에게조차 정중한 태도를 보여라. 모든 사람에게 예의를 갖추는 데 능숙해진다면 크게 힘들이지 않고도 주변 사람들에게 많은 도움을 얻게 될 것이다.

미소는 마음을 여는 열쇠

一目之羅일목지리
한 코의 그물에는 걸리지 않는다.

어느 날 오후, 엘리스는 집에 혼자 있다가 누군가가 문을 두드리는 소리를 들었다.

문을 연 순간, 그녀는 식칼 한 자루를 들고 험악하게 자신을 노려보는 한 남자를 보았다.

너무 놀라고 당황했지만, 영민한 엘리스는 상냥하게 미소를 지으며 말했다.

"어머, 깜짝 놀랐네요. 주방용품 파시는 분인가요? 안 그래도 칼이 하나 필요했는데 괜찮아 보이네요!"

엘리스는 남자를 집 안으로 들어오게 하고 전혀 긴장한 내색을 보이지 않으며 계속 이어서 말했다.

"그런데 제 예전 이웃과 정말 많이 닮았네요! 덕분에 즐거운 추억이 떠올랐어요. 감사해요. 참! 음료는 뭐로 하실래요? 커피? 아니면 홍차?"

흉악한 짓을 하려고 엘리스의 집을 두드린 그 남자는 그 순간 부끄러움을 느꼈다.

그는 잠시 머뭇거리더니 엘리스에게 한마디 했다.

"가, 감... 감사합니다."

잠시 후, 엘리스는 하마터면 흉기로 쓰일 뻔한 '식칼을 사는 데' 성공했다.

낯선 남자는 엘리스가 건넨 '칼값'을 받아들고 잠깐 주저하더니 문 쪽으로 걸어갔다. 그러더니 갑자기 무슨 생각이 들었는지 다시 몸을 돌려 엘리스를 바라보면서 말했다.

"아주머니, 정말 감사합니다. 제 인생을 바꾸어 주셨어요."

<하버드 심리학 강의>에 나오는 이야기다.

미소는 마음의 문을 열어주는 열쇠와 같다. 미소는 차가운 마음을 녹이고, 악한 마음을 선하게 만들며, 불쾌한 마음을 유쾌하게 만들어준다.

내가 웃으면 거울도 웃는다. 내가 웃으면 세상이 웃는다. 건강치 못해도 웃다가 보면 병든 몸도 웃는 날이 온다.

세상이 웃기를 원하고 상대가 웃기를 원한다면 먼저 웃어야 한다. 웃지 않는 거울 앞에서 웃지 않는다고 신경질 낼 필요는 없다. 내가 웃으면 거울도 웃을 테니.

동행同行하는 인생人生

偃鼠之望언서지망
쥐는 강물을 배 하나 가득 밖에 못 마시는 것처럼 사람도 분수에 만족하라

어리석은 개미는 자기 몸이 작아 사슴처럼 빨리 달릴 수 없음을 부러워하고, 똑똑한 개미는 자신의 몸이 작아서 사슴의 몸에 붙어 달릴 수가 있음을 자랑으로 생각한다.

어리석은 사람은 자신의 단점을 느끼면서 슬퍼하고, 똑똑한 사람은 자기 장점을 찾아내어 자랑한다.

화내는 얼굴은 아는 얼굴도 낯설고, 웃는 얼굴은 모르는 얼굴이라도 낯설지 않다.

고운 모래를 얻기 위해 고운 체가 필요하듯, 고운 얼굴을 만들기 위해서는 고운 마음이 필요하다.

매끄러운 나무를 얻기 위해 잘 드는 대패가 필요하듯이, 멋진 미래를 얻기 위해서는 현재의 노력이 필요하다.

어리석은 사람은 자기 혼자 힘으로 서려고 하지 않고 남에게 기대선다. 그러다 그만 자기 혼자 설 힘조차 잃고 만다.

동행은 같은 방향으로 가는 것이 아니라, 같은 마음으로 가는 것이다.

안 되는 일에 마음 쓰지 마라

般鑑不遠은감불원
은나라의 실패를 거울로 삼는다.

마음의 즐거움은 얼굴을 빛나게 하지만 근심은 사람의 뼈도 상하게 한다. 마음을 잘 지키는 자가 성을 빼앗는 자보다 낫다. 마음에서 생명이 나오며, 건강도 나오고, 성공과 장수도 나오기 때문이다. 마음이 아프면 궁궐도 좋은 줄 모르나 마음이 즐거우면 초가삼간에서도 만족한다.

이러한 마음을 상하게 하는 제일 중요한 적은 심려다. 심려는 아무에게도 도움이 안 된다.

'인생은 고해'라는 부처님의 말씀처럼 우리가 매일매일 생기는 근심거리를 다 마음속에 뿌리내리게 한다면 마음의 짐이 너무 무거워 견디지 못한다.

소중한 사람이 떠나고 아끼던 물건을 잃어버렸을 때, 잃어버렸다고 생각하지 말고 원래의 자리로 돌아갔다는 사실을 바로 보면 우리는 심려에 빠지지 않는다. 즉, 우리가 잃은 것은 사실 아무것도 없기 때문이다. 이 사실을 받아들일 때 우리의 마음은 평화로워지고 삶의 여유가 생긴다.

종달새와 고양이

巧取豪奪교취호탈
교묘한 수단으로 빼앗는다.

종달새 한 마리가 숲길을 따라 움직이는 작은 물체를 발견하고는 호기심으로 다가갔다. 그건 고양이가 끌고 가는 작은 수레였다. 그 수레에는 이렇게 씌어 있었다.

"신선하고 맛있는 벌레 팝니다."

종달새는 호기심과 입맛이 당겨 고양이에게 물었다.

"벌레 한 마리에 얼마요?"

고양이는 종달새 깃털 하나를 뽑아주면 맛있는 벌레 세 마리를 주겠다고 했다.

종달새는 망설임도 없이 그 자리에서 깃털 하나를 뽑아주고 벌레 세 마리를 받아 맛있게 먹었다.

종달새는 깃털 하나쯤 뽑아도 날아다니는 데는 아무런 지장이 없었다. 한참을 날다가 또 벌레 생각이 났다.

여기저기 돌아다니며 벌레를 잡을 필요도 없고 깃털 몇 개만 뽑아주면 맛있는 벌레를 배부르게 먹을 수 있는 게 너무너무 편하고 좋았다.

이번에는 깃털 두 개를 뽑아주고 벌레 여섯 마리를 받아먹었다. 이러기를 수십여 차례 하였다.

그런데 어느 순간 하늘을 나는 게 버거워졌다. 잠시 풀밭에 앉아 쉬고 있는데, 아까 그 고양이가 갑자기 덮쳤다.

평소 같으면 도망치는 것은 일도 아니었지만 듬성듬성한 날개로는 재빨리 날아오를 수 없었다. 후회해도 때는 이미 늦었다. 종달새는 벌레 몇 마리에 목숨을 잃었다.

상대를 무능하게 만드는 가장 쉬운 방법은 '공짜심리에 맛 들이게 하는 것'이라고 한다.

무엇을 팔고 싶다면 당신을 잃지 마라. '복배수적腹背受敵' 즉, 욕심에 눈이 멀면 함정에 빠지게 된다. 땀 흘려 얻은 대가가 진정 소중한 것이다.

칭찬 잘하면 백 년이 행복하다

刮目相對괄목상대
눈을 비비고 다시 보며 상대를 대함

우리가 늘 가까이 있어 큰 고마움을 모르고 살아가는 가까운 사람에게 칭찬하는 기법을 제대로 배워 칭찬하는 일을 생활화해 인생 백 년 행복해 보지 않으렵니까?

오래 묵은 김치가 몸에 좋고 입맛을 돋운다. 오래 묵은 된장이 제맛을 내듯 남을 칭찬할 때 오래도록 가슴에서 삭히고 우려낸 칭찬을 아끼지 않으면 가슴엔 언제나 행복이 넘쳐나게 마련이다.

우선 남을 칭찬하는 데 익숙하지 않고 좀 어색하다면 빈말부터 시작해 칭찬하는 말에 익숙해지도록 하면 부정적이던 내 시각이 긍정으로 바뀌게 되고 생활이 행복해지는 건 덤이다.

칭찬은 나를 늙지 않게 만드는 불로초이며, 칭찬은 사랑을 만드는 요술 방망이며, 칭찬은 적군도 아군으로 만들고, 칭찬은 원수를 부하로 만드는 최고의 명약이다.

칭찬은 아무리 남에게 퍼 나르고 퍼줘도 줄어들지 않으며 샘물을 푸면 풀수록 깨끗한 물이 샘솟듯 칭찬은 마르지 않는 옹달샘과 같다. 남에게 퍼준 만큼 나는 행복을 느끼게 된다.

늘 가까이 있어 서로 고마움을 느끼지 못하는 남편과 아내에게 오늘부터 '당신 멋있어졌어! 당신 요즘 예뻐졌어! 당신이 만든 음식을 먹다 다른 곳에 가서는 음식 맛이 없어 못 먹겠어! 나는 아무리 생각해도 시집 참 잘 왔어! 나는 장모님이 늘 고마워! 당신을 이렇게 예쁘게 키워 나 같은 사람에게 주셔서!'

부부간에 듣기 좋은 말로 칭찬하면 내 인생 천 년이 행복해진다. '우리 아들이 최고야! 우리 딸이 최고야!' 자녀에게 칭찬하면 내 인생 백 년이 행복해진다.

이웃에 칭찬을 아끼지 말고 하면 내 인생 팔십 년이 행복해진다.

칭찬은 불행도 행복하게 만드는 이 세상에서 가장 아름다운 행복의 꽃이다.

**

기업가의 정신

워싱턴 대학의 베스퍼 교수는 기업가 정신을 다음과 같이 정의했다.

"다른 사람이 찾아내지 못한 기회를 발견한 사람, 또 사회의 상식이나 권위에 사로잡히지 않고 새로운 사업을 추진할 수 있는 사람이야말로 기업가다. 가장 중요한 것은 기업가 정신이 행복을 추구하는 수단이라는 점이다. 어떻게 살 것인가, 무엇이 행복한 것인가를 진정으로 이해하는 사람이야말로 기업가다."

걱정은 나를 파괴한다

獅子身中蟲사자신중충
사자 몸 안의 벌레가 사자를 먹는다.

'거짓말은 눈덩이와 같다. 굴리면 굴릴수록 더 커질 뿐이다.'는 말처럼 걱정도 마찬가지다. 걱정도 하면 할수록 눈덩이처럼 점점 커질 뿐이다.

미국 콜로라도 주의 한 산봉우리에 거대한 나무 한 그루가 쓰러졌다. 그 나무는 400여 년간 열네 번이나 벼락을 맞아도 쓰러지지 않았고, 수많은 눈사태와 폭풍우를 이겨냈다고 한다.

그런데도 그 나무가 쓰러진 까닭은 바로 딱정벌레 떼가 나무속을 파먹어 버렸기 때문이란다.

오랜 세월 모진 폭풍과 벼락을 견뎌온 그 거목이 손가락으로 문지르면 죽는 작은 벌레들에게 쓰러지고 만 것이다.

우리도 이 거목처럼 인생의 폭풍우와 눈사태와 벼락은 이겨내면서도 '근심'이라는 벌레에게 심장을 갉아 먹히지는 않는가? 그만큼 걱정과 근심은 나를 파괴한다.

일본 황실의 서자로 태어나 우리나라 '원효 스님'만큼 유명한 스님이 된 '이큐 스님'은 세상을 떠나기 전, 내일을 불안해하는 제자들에게 편지 한 통을 내주면서 이런 말을 남겼다.

"곤란한 일이 있을 때 이것을 열어보아라. 조금 어렵다고 열어봐서는 안 된다. 정말 힘들 때, 그때 열어보아라."

세월이 흐른 뒤 사찰에 큰 문제가 생겼다. 승려들은 마침내 '이큐 스님'의 편지를 열어볼 때가 왔다고 결정하고 열어보았다.

거기엔 이렇게 단 한 마디가 적혀 있었다.

"걱정하지 마라, 어떻게든 된다."

이큐 스님은 평소 '근심하지 마라. 받아야 할 일은 받아야 하고, 치러야 할 일은 치러야 한다. 그치지 않는 비는 없다.'라고 말씀하셨는데, 그 말씀을 이 한 마디에 집약해놓은 것이다.

어쩌면 오늘 걱정하는 일조차도 별로 걱정할 일이 아닐지 모른다. 걱정은 거리에 굴러다니는 돌멩이 하나도 옮길 수 없다.

모든 것은 때가 있다

牝鷄之晨빈계지신
암탉이 새벽을 알린다.

아끼지 마라. 좋은 음식을 다음에 먹겠다고 냉동실에 고이 모셔두지 마라. 어차피 냉동되면 신선함도 사라지고 맛도 변한다. 맛있는 것부터 먹어라.

좋은 것부터 사용하라. 비싸고 귀한 거라고 아껴뒀다가 나중에 쓰겠다고 애지중지하지 마라. 유행도 지나고 취향도 바뀌고 몇 번 쓰지도 못하고 버리게 되는 고물이 된다.

특별한 날을 기다리지 마라. 그런 날은 고작 1년에 몇 번이다. 하루하루를 특별하게 만들어라. 모든 것은 내 마음에 달려있다. 오늘이 가장 소중한 날이다.

때가 되면 어떻게 하겠다는 생각을 버려라. 시름시름 아프면 나만 서럽다. 계획만 짜다 시간 다 간다.

실행할 수 있으면 맘먹었을 때 바로 실행하라. 언제든 기회가 있고 기다려 줄 것 같지만 모든 것은 때가 있다. 그때를 놓치지 마라. 너무 멀리 보다가 모든 것을 잃을 수가 있다.

● ● ●
'절뚝이 부인'과 '박사 부인'

解語花해어화
말을 하는 꽃

가정에 충실한 남편이 아내의 생일날 케이크를 사 들고 퇴근하다가 교통사고를 당했다. 다행히 목숨은 건졌지만, 한쪽 발을 쓸 수가 없었다.

아내는 발을 저는 무능한 남편이 싫어졌다. 아내는 남편을 무시하며 '절뚝이'라고 불렀다.

그러자 마을 사람들 모두 그녀를 '절뚝이 부인'이라고 불렀다.

그녀는 동네 사람들이 자기를 절뚝이 부인이라고 부르는 게 창피해서 더는 그 마을에 살 수가 없었다.

부부는 모든 것을 정리한 후, 멀리 다른 마을로 이사했다.

마침내 아내는 자신을 그토록 사랑했던 남편을 무시한 것이 얼마나 큰 잘못이었는지 깨닫고 크게 뉘우쳤다. 그리고 그곳에서는 남편을 '박사님'이라 불렀다. 그러자 마을 사람 모두가 그녀를 '박사 부인'이라고 불렀다.

믿음의 가치

千里眼천리안
천 리를 내다보는 눈

한 남자가 시골 식당에서 점심을 먹었다.
계산하려고 주머니를 뒤졌는데 지갑이 보이지 않았다.
그는 식당 주인에게 말했다.
"돈을 두고 나왔습니다. 한 시간 안에 돈을 가져와 내도 될까요?"
늙은 식당 주인은 펄쩍 뛰었다. 당장 돈을 내지 않으면 신고하겠
다고 외쳤다.
계속 실랑이하는 두 사람을 바라보던 웨이터는 주인에게 말했다.
"제가 보장하겠습니다. 지갑을 깜박하고 외출하는 건 있을 수 있
는 일이죠. 제가 대신 내겠습니다. 이 분은 정직해 보입니다."
얼마 후 남자가 식당에 돌아와 주인에게 말했다.
"이 식당을 얼마에 팔겠소?"
주인은 욕심껏,
"3만 프랑이요."
하고 말했다.
그는 그 자리에서 3만 프랑을 주며 식당을 사겠다고 했다.

그는 식당 문서를 받아서 웨이터에게 주었다.

"당신이 나를 믿어준 건 3만 프랑보다 훨씬 더 값진 일입니다."

그는 평복 차림으로 나왔던 나폴레옹이었다.

***

제갈공명의 위기탈출 리더십(leadership)

제갈공명은 기산 전투에서 마속의 실책으로 사마중달에게 대패하여 퇴각하던 중, 불과 2천의 병력으로 사마중달의 15만 대군을 맞이해야 할 절체절명의 위기에서 오히려 여유를 보였다.

"성문을 활짝 열어라. 물을 뿌려 깨끗이 청소하고 모닥불을 피워라. 적이 가까이 와도 각자의 깃발 밑을 떠나지 말라. 떠나는 자는 벤다."

그리고 그는 윤건을 바꾸고, 옷도 갈아입고, 성루 가장 높은 데로 올라가 향불을 피워놓고 거문고 앞에 단정히 앉았다.

15만 대군을 이끌고 당도한 사마중달은 제갈공명의 의외의 모습에 유인 계략을 쓰는 것이라 보고 퇴각명령을 내렸다.

공명이 거문고 하나로 사마중달의 15만 대군을 물리친 것이다. 제갈공명은 자기가 지켜야 할 분명한 세계가 있었기에 기상을 잃지 않고 극도의 위기 속에서도 상황을 주도하는 여유를 발휘할 수 있었다.

이렇듯 리더십은 상황에 따라 다양하게 정의된다. 내용을 종합해 보면, '리더십이란 일정한 상황에서 공동의 목표달성을 위하여 개인이나 집단의 행위에 영향력을 행사하는 과정'으로 요약할 수 있다.

말의 인과응보

　　수렵시대엔 화가 나면 돌을 던졌다. 고대 로마 시대에는 몹시 화가 나면 칼을 들었고, 미국 서부시대에는 총을 뽑았다. 현대에는 화가 나면 '말 폭탄'을 던신다.

　인격을 모독하는 막말이나 악성 댓글을 일삼는 사람들이 있다. 정제되지 않은 말 폭탄을 타인에게 예사로 투척한다. 설혹 그의 생각이 옳을지라도 사용하는 언어가 궤도를 이탈했다면 탈선임이 분명하다.

　"화살은 심장을 관통하고, 매정한 말은 영혼을 관통한다."

　스페인 격언이다. 화살은 몸에 상처를 내지만 험한 말은 영혼에 상처를 남긴다. 당연히 후자의 아픔이 더 크고 오래 갈 수밖에 없다.

　옛사람들이 '혀 아래 도끼 들었다'라고 말조심을 당부한 이유이다. 불교 천수경 첫머리에는 '정구업진언淨口業眞言'이 나온다. 입으로 지은 업을 깨끗이 씻어내는 주문이다. 그중 4가지는 거짓말로 지은 죄업, 꾸민 말로 지은 죄업, 이간질로 지은 죄업, 악한 말로 지은 죄업을 참회한다는 내용이다. 그때 자신의 참회가 꼭 이뤄지게 해달라고 비는 주문이 '수리수리 마하수리 수수리 사바하'이다.

　탈무드에는 혀에 관한 우화가 실려 있다.
　어느 날 왕이 광대 둘을 불렀다. 한 광대에게,
　"세상에서 '가장 악한 것'을 찾아오라."
라고 지시하고, 다른 광대에게는,
　"세상에서 '가장 선한 것'을 가져오라."
라고 명했다.
　두 광대는 세상 곳곳을 돌아다녔다. 몇 년 후 광대들이 왕 앞에 알현하고 찾아온 것을 내놓았다. 공교롭게도 두 사람이 제시한 것은 모두 '혀'였다.

　흔히 말은 입 밖으로 나오면 허공으로 사라진다고 생각하기 쉽다. 그러나 그렇지 않다. 말의 진짜 생명은 그때부터 시작된다.
　글이 종이에 쓰는 언어라면 말은 허공에 쓰는 언어이다. 허공에 적은 말은 지울 수도, 찢어버릴 수도 없다. 한 번 내뱉은 말은 자체의 생명력을 가지고 공기를 타고 번식한다.
　말은 사람의 품격을 재는 잣대이다. 품격의 품品은 입 구口 자 셋으로 이루어진 글자이다. 입을 잘 놀리는 것이 사람의 품위를 가늠하는 척도라는 것이다.

　논어에선 입을 다스리는 것을 군자의 최고 덕목으로 꼽았다. 군자의 '군君'을 보면 '다스릴 윤尹' 아래에 '입 구口'가 있다. '입을 다스리는 것'이 군자라는 뜻이다. 세 치 혀를 잘 놀리면 군자가 되지만 잘못 놀리면 한순간에 소인으로 추락한다.

대문호 톨스토이는 "말을 해야 할 때 하지 않으면 백 번 중에 한 번 후회하지만, 말을 하지 말아야 할 때 하면 백 번 중에 아흔아홉 번 후회한다."라고 강조했다.

공자는 "더불어 말해야 할 사람에게 하지 않으면 사람을 잃는다. 더불어 말하지 말아야 할 사람에게 하면 말을 잃는다."라고 했다. 잘못된 언행으로 사람과 말을 잃는 일은 없어야 한다.

영국의 작가 조지 오웰은, "생각이 언어를 타락시키지만, 언어도 생각을 타락시킨다."라고 했고, 독일의 철학자 마르틴 하이데거는 "언어는 존재의 집"이라고 역설했다.

나쁜 말을 자주 하면 생각이 오염되고, 그 생각의 집에 자신이 살 수밖에 없다. 그만큼 잔인한 인과응보가 어디 있겠나!

우화에서 배우는 삶의 지혜

獅子吼사자후
사자가 크게 울부짖음

사자獅子가 양을 불러 자기 입에서 고약한 냄새가 나느냐고 물었다.

착한 양은,

"예."

라고 대답하였다.

그러자 사자는,

"이 바보 같은 놈!"

하고는 양을 잡아먹었다.

사자는 늑대를 불러서 물었다.

앞서 양을 보았던 늑대는,

"아뇨."

라고 대답하였다.

사자는,

"이 아첨꾼 같은 놈!"

하고는 늑대도 잡아먹었다.

마지막으로 사자는 여우를 불러 물어보았다.

여우는 양도 보고 늑대도 보았다. 바보 같지 않으면서 아첨꾼 같지 않으려면 어떻게 말을 해야 하나 걱정하던 여우는 사자의 물음에 이렇게 재치 있게 대답하였다.

"제가 감기에 걸려 코가 말을 듣지 않으니 냄새를 전혀 맡을 수 없습니다."

사자는 이쪽도 저쪽도 다 듣기 싫은 말이나, 새로운 대답을 한 여우의 말에도 일리가 있으며 듣기 싫은 말도 아니라 보내주었다.

살다 보면 말하기 곤란할 때가 있다. 양쪽에 다 좋지 않은 답을 요구하면시, '이거냐, 저거냐?' 물어볼 때가 그렇다. 그렇다고 쏙 대답할 필요는 없다.

대답해서 오히려 손해를 보는 경우가 생길 수도 있기 때문이다. 그럴 때는 '예, 아니요.'보다 여우와 같이 재치 있게 대처하는 것이 상책이다.

옛날 어떤 나라에 사람들을 웃기며 살아가는 광대가 있었다. 그는 늘 우스꽝스러운 표정과 행동으로 왕과 신하들을 즐겁게 해주었다.

그런데 하루는 공놀이하다가 실수로 왕이 아끼는 도자기를 깨뜨렸다. 왕은 그의 경솔한 행동에 너무나 화가 났다. 왕은 자기도 모르게 광대를 사형에 처하라고 명령내렸다.

잠시 후 왕은 마음을 진정한 뒤 명령이 지나쳤다는 데에 생각이 미쳤다. 그렇지만 왕은 이미 명령을 내렸고 명령을 다시 돌이키는 것은 왕의 권위에 어긋나는 일이기 때문에 번복할 수 없었다.

왕은 곰곰이 생각하였다. 그리고 그를 사형에 처하기는 하지만, 그에게 마지막으로 한 가지 소원을 들어줌으로써 그의 마음을 위로하여 주기로 하였다.

광대가 왕 앞에 불려왔다.

왕은 그에게 이렇게 말하였다.

"너는 내가 어릴 때부터 나를 즐겁게 해 주었다. 그에 대한 보답으로 너의 마지막 소원 한 가지를 들어주겠다. 그러니 네가 죽을 방법을 스스로 선택해서 내게 말하도록 하라. 지금 중천에 떠 있는 해가 서산에 질 때까지 잘 생각하여서 네가 죽을 방법을 나에게 말하도록 하라!"

광대는 해가 서산으로 넘어가는 것을 보면서 생각에 잠겼다. 어느덧 시간이 지나 해가 서산 너머로 모습을 감추었다. 광대는 왕의 앞으로 다시 불려왔고, 왕은 그에게 물었다.

"자, 이제 죽을 각오가 되었지? 죽을 방법을 말해보아라."

광대는 재치 있게 이렇게 대답하였다.

"폐하, 성은이 망극하나이다. 폐하의 은혜로 제가 죽을 가장 좋은 방법을 생각하였습니다."

"말해보아라."

"저는 늙어서 죽는 방법을 택하겠습니다."

'나'라는 존재는 내 생각의 결과물

*不入虎穴*불입호혈
호랑이굴에 들어가야 새끼를 얻는다.

　　　　　　스노우 폭스의 창업자이기도 한 짐 킴 홀딩스의
김승호 회장은 「인간은 미래를 알 수 없지만 미래를 만들 수 있는
능력을 지니고 태어났다. 흥미로운 것은 이를 믿는 사람에게는 그
능력이 나타나지만, 이를 믿지 않는 이에게는 안 믿는 그대로 드러
나게 한다는 점이다. 사과는 상자 속에 있다. 이를 있다고 믿고
열어보는 자는 사과를 갖게 된다. 없을 거라는 사람은 열어보는
행위조차 않을 것이기에 그의 생각대로 역시 없다. 부처님께서는
'나는 내 생각의 소산이다.'라는 말씀을 남기셨다. 나라는 존재는
그동안 내가 생각해온 결과물이다. 지금 생각을 바꾸면 나도 바뀌고
미래도 바뀐다.」라고 그의 저서에 적었다.

　성공철학의 대가 나폴레온 힐은 부자가 되고 싶다면 「이미 돈을
소유하고 있는 자신을 보고, 느끼고, 믿어라.」라며 「당신이 간절히
돈을 원하고, 그것을 이룰 것이라고 확신한다면 어려움이 없을 것이
다.」라고 적었다.

　신생물학을 이끄는 세계적 학자인 브루스 립튼 박사는 "우리의

생각이 현실을 만든다. 사람들이 각자의 생각 활동으로 세상을 만드는 것이다.”라며 “의식의 소망과 열정을 무의식의 믿음에 안착시키면 그건 당신의 삶에서 가장 흥분되고 자유로울 것이다. 왜냐하면, 일단 무의식에 그 믿음이 있다면 하루의 대부분 동안 당신이 의식 없이도 당신의 마음이 당신을 목표 지점으로 끌고 갈 것이기 때문이다.”라고 말했다.

영국의 총리였던 마거릿 대처의 이 명언을 알고 있는 사람도 있을 것이다. “생각을 조심해라. 말이 된다. 말을 조심해라. 행동이 된다. 행동을 조심해라. 성격이 된다. 성격을 조심해라. 운명이 된다. 결국, 우리의 운명은 생각대로 된다.”

재미있는 것은 간디도 이와 유사한 명언을 남긴 것이다.

“네 믿음은 네 생각이 된다. 네 생각은 네 말이 된다. 네 말은 네 행동이 된다. 네 행동은 네 습관이 된다. 네 습관은 네 가치가 된다. 네 가치는 네 운명이 된다.”

IT 미래학자인 니콜라스 카는 “피아노를 치는 상상만 했던 사람들도 실제 건반을 친 사람들과 정확히 같은 종류의 뇌 변화를 보인다. 우리는 신경학적으로 우리가 사고하는 그대로 변하고 있다.”라고 말했다.

지그문트 바우만은 《왜 우리는 불평등을 감수하는가》에서 「지금으로부터 100년 전, 윌리엄 토마스와 플로리언 즈나니에츠키라는 뛰어난 두 사회학자가 사람들은 어떤 것을 참이라고 믿으면 자신들의 행동 방식을 통해 그것을 참으로 만든다는 사실을 알아내긴 했지만....」이라는 구절이 등장하기도 한다.

도행역시 倒行逆施

倒行逆施 도행역시
도리에 맞지 않는 일을 한다.

'순리를 거슬러 행동한다.'라는 뜻의 '도행역시倒
行逆施'가 2020년 교수신문이 뽑은 사자성어였다고 한다.

사장은 힘들어도 견디지만, 직원은 힘들면 사표 낸다.
연인은 불쾌하면 헤어지지만, 부부는 불쾌해도 참고 산다.

원인은 한 가지 일에 대한 책임감과 압력이다.
수영할 줄 모르는 사람은 수영장 바꾼다고 해결 안 되고, 일하기
싫은 사람은 직장을 바꾼다고 해결이 안 되며, 건강을 모르는 사람
은 비싼 약 먹는다고 병이 낫는 게 아니고, 사랑을 모르는 사람은
상대를 바꾼다고 행복해지는 게 아니다.
모든 문제의 근원은 자신에게 있다.
내가 좋아하는 사람도 나 자신이고, 내가 사랑하는 사람도 나 자
신이며, 내가 싫어하는 사람도 나 자신이다.
내가 변하지 않고는 변하는 게 아무것도 없다. 내 인생은 내가

만든다.

내가 빛이 나면 내 인생은 화려하고, 내가 사랑하면 내 인생은 행복이 넘치며, 내가 유쾌하면 내 인생엔 웃음꽃이 필 것이다.

매일 똑같이 원망하고 시기하고 미워하면 내 인생은 지옥이 될 것이고, 내 마음이 있는 곳에 내 인생이 있고 행복이 있다.

'화내도 하루' '웃어도 하루' 어차피 주어진 시간은 '똑같은 하루'다. 기왕이면 불평 대신 감사를, 부정 대신 긍정을, 절망 대신 희망을 품자.

우울한 날을 맑은 날로 바꿀 수 있는 건 바로 당신의 미소다. 오늘이 지나가면 그 오늘은 돌아오지 않는다.

'no'를 순서를 바꾸어 'on'을, '자살' 을 거꾸로 써서 '살자'를 품고 살아가자.

***

괴테가 가장 존경한 사람

내(괴테)가 존경하는 사람은 자신이 무엇을 하고 싶은가를 정확하게 알고 있는 사람이다. 이 세상에서 가장 불행한 사람은 자신이 하고 싶은 것을 하지 못하는 사람이다.

콜럼버스는 심한 폭풍우와 선원들의 불평에도 굴하지 않고 강한 결의로 미지의 세계를 향한 항해를 계속했기 때문에 신대륙을 발견할 수 있었다.

얀테의 법칙(Jante Law)

黔驢之技검려지기
검 땅의 당나귀 재주

UN이 발표하는 인류 행복지수에서 세계 200여 개국 중 해마다 상위권에 오르는 나라들이 있다. 덴마크, 노르웨이, 스웨덴인데 그중 동화의 나라로 잘 알려진 덴마크는 언제나 세계에서 국민이 가장 행복한 나라 중 하나로 손꼽힌다.

그 이유가 뭘까? 그들의 문화에는 '얀테의 법칙'(Jante Law)이란 게 있다. 덴마크가 이상적인 복지와 바람직한 교육 시스템을 가지고 있어서이기도 하지만, 무엇보다 국민이 행복감을 느끼는 토대에는 '얀테의 법칙(Jante Law)'이라는 것이 절대적인 영향을 미치고 있기 때문이라고 할 수 있다. '얀테의 법칙'은 덴마크의 작가가 쓴 소설에 나오는 10개 조의 규칙이다.

1. 스스로 특별한 사람이라고 생각하지 말라.
2. 내가 다른 사람들보다 좋은 사람이라고 착각하지 말라.
3. 내가 다른 사람들보다 더 똑똑하다고 생각하지 마라.
4. 내가 다른 사람보다 우월하다고 자만하지 말라.
5. 내가 다른 사람보다 더 많이 알고 있다고 생각하지 말라.

6. 내가 다른 사람보다 더 중요한 위치에 있다고 생각하지 말라.

7. 내가 무엇을 하든지 다 잘할 것이라고 장담하지 말라.

8. 다른 사람을 비웃지 말라.

9. 다른 사람이 나에게 신경 쓰고 있다고 생각하지 말라.

10. 다른 사람을 가르치려 들지 말라.

어느 것 하나 버릴 수 없는 보배와 같은 내용임을 알 수 있다.

그렇다면 우리를 망치는 대표적인 두 가지는 무엇일까? 그것은 '우월감'과 '열등감'이다. 이것은 어디서 열매 맺는 것일까? '비교의식'이라는 뿌리를 통해 자라는 두 괴물이다.

남들과 비교해 내가 특별하다는 생각에서 탄생하는 첫째가 우월감, 거기에 미치지 못했을 때 태어나는 둘째가 열등감이다. 우리는 '우월감'과 '열등감' 때문에 큰 피해를 보면서 살아왔다. 지금도 그것들로 인하여 고통과 낙심과 좌절 속에 살아가는 이들이 적지 않다.

우리가 우월감과 열등감에 빠지지 않으려면 위에 소개한 얀테의 법칙 10가지를 꼭 기억하고 살면 된다. 남들과 자꾸 비교하다 보니 교만해지거나 절망과 우울증이 생겨 불행해질 수 있다. 비교의식 없이 마음을 비우고 자신의 주제와 처지를 제대로 알고 살면 불행할 이유가 없다.

덴마크인들이 행복한 이유는 결코 남보다 잘나거나 부유해서가 아니다. '사람은 누구나 다 존귀하다'라는 가치관을 바탕으로 상대방에 대한 존중과 배려하는 마음으로 살아가기 때문이다.

· · ·
'되고' 법칙

改過不吝개과불린
허물을 고치는 데 주저하지 말라.

돈이 없으면 돈은 벌면 되고,
잘못이 있으면 잘못은 고치면 되고,
안 되는 것은 되게 하면 되고,
모르면 배우면 되고, 부족하면 메우면 되고,
힘이 부족하면 힘을 기르면 되고,
잘 안 되면 될 때까지 하면 되고,
길이 안 보이면 길을 찾을 때까지 찾으면 되고,
길이 없으면 길을 만들면 되고,
기술이 없으면 연구하면 되고,
생각이 부족하면 생각을 하면 되고,
내가 믿고 사는 세상 살고 싶으면 거짓말로 속이지 않으면 되고,
미워하지 않고 사는 세상을 원하면 사랑하고 용서하면 되고,
사랑받으며 살고 싶으면 부지런하고 성실하고 진실하면 되고,
세상을 여유롭게 살고 싶으면 이해하고 배려하면 된다.
이처럼 '되고 법칙'으로 인생을 살아가면 안 되는 것이 없다.